LE
MÉNÉTRIER
DE SAINT-WAAST

MÉLODRAME EN CINQ ACTES ET SEPT TABLEAUX

PAR

ÉD. PLOUVIER & TH. BARRIÈRE

PARIS

LÉVY FRÈRES LIBRAIRES ÉDITEURS

RUE ET BOULEVARD DES ITALIENS, 15

À LA LIBRAIRIE NOUVELLE

LE
MÉNÉTRIER

DE

SAINT-WAAST

MÉLODRAME EN CINQ ACTES ET SEPT TABLEAUX

PAR

ÉDOUARD PLOUVIER et **THÉODORE BARRIÈRE**

Représenté pour la première fois, à Paris, sur le théâtre Beaumarchais,
le 17 avril 1865.

DIRECTION MONTDIDIER ET MOREAU

PARIS

MICHEL LÉVY FRÈRES, LIBRAIRES ÉDITEURS
RUE VIVIENNE, 2 BIS, ET BOULEVARD DES ITALIENS, 15
À LA LIBRAIRIE NOUVELLE

—

1865

Distribution de la pièce

―――

PIERRE BAUDIMONT, DIT PACIFIQUE, cultivateur et joueur de violon le dimanche................................ MM. MONTDIDIER.

VALENTIN, son fils, précepteur..... PAUL LABA.

M. DUBUCQUOY, ancien fermier aux gabelles.............................. ANATOLE D'ENGLEM.

DANIEL, son fils, avocat au parlement de Douai.............................. DEBRUYÈRE.

M. AVERLON, bailli de la commune de Saint-Waast.......................... LÉONCE.

FIFRELIN, garde-champêtre........ GOBIN.

LÉONARD, prêteur d'argent, ancien procureur.......................... AIMÉ GIBERT.

JACQUES HERVIN, meunier......... LAVAL.

LE PÈRE MATHIAS, vieux paysan, secrétaire du bailli.................. DAMAS.

JEAN BRULÉ, paysan............... DUFRÈNE.

CHOPIN, paysan................... VICTOR.

JÉROME, domestique.............. PHILIBERT.

JUSTIN,   id................ MONTBART.

LE ROI HÉRODE, personnage muet.

MARIE HERVIN...................... Mmes ANNA DEBONNE.

MADAME DUBUCQUOY.............. C. GILBERT.

THÉRÈSE DUBUCQUOY............. V. MAGNY.

AGNÈS DITE, L'ALOUETTE........... L. GÉRARD.

LA MÈRE JUDITH, pauvre paysanne. BLANCHE.

CHARLOTTE, paysanne............. BATESTI.

LE ROI DES INNOCENTS........ Le petit LÉONCE.

LA REINE DES INNOCENTS..... La petite LÉA.

PAYSANS, PERSONNAGES DE LA FÊTE, ENFANTS.

L'action se passe au village de Saint-Waast, sur les confins de la Flandre et de l'Artois en, 1788.

―――

NOTA. — Les indications sont prises de la droite du public. Les personnages sont inscrits en tête de chaque scène dans l'ordre qu'ils doivent occuper.

S'adresser, pour la musique, à M. Blangy, chef d'orchestre, et pour la mise en scène, à M. Jouanni, au théâtre Beaumarchais.

LE
MÉNÉTRIER
DE
SAINT-WAAST

ACTE PREMIER

PREMIER TABLEAU

L'usurier

Là cour d'une maison rustique. — L'entrée principale est à gauche ; c'est une porte-charretière au milieu d'un mur. — Une petite porte plus loin dans l'angle de ce mur. — La maison est à droite ; on y parvient par quelques marches. Derrière la maison, il y a un jardin qui tourne et qui revient jusqu'au fond du théâtre. — Granges, étables, hangars. — Çà et là, vieux objets d'agriculture hors de service, etc. — Vers la gauche, sous un vieil arbre, une table rustique ; des bancs, des escabeaux, etc.

———

SCÈNE PREMIÈRE

MATHIAS, puis HERVIN.

MATHIAS, regardant au fond, à droite.

Eh ben ! allons !… ils ne s' gênent pas, les gens d' la noce ! les v'là ici comme chez eux ! Sous prétexte que l' père Léonard marie aujourd'hui sa fille adoptive au jeune garde-champêtre, ils mangent, ils boivent, ils vont, ils viennent ; et ils mangent encore et ils boivent toujours !… Ils sont dans l' verger à c't' heure ; ils dévorent les fruits… Il n'est pourtant guère donnant, le vieux Léonard ! (On entend des éclats de rire à droite ; Mathias s'avance un peu de ce côté ; c'est alors qu'on voit entrer Hervin, le meunier, par la petite porte de gauche.)

HERVIN, s'arrêtant pour écouter.

Des chansons! des éclats de rire!... Moi, j'ai la mort dans l'âme!... Que deviendras-tu, ma pauvre petite Marie, si Léonard est impitoyable?... Comment vais-je l'aborder, cet homme?... (S'asseyant sur un banc et laissant tomber sa tête dans ses mains.) Ah! je n'ai pas d'espoir!

MATHIAS, revenant en scène.

Eh! eh! eh! Rira-t-il aussi bien qu'eux, l'père Léonard, quand il va rentrer?

HERVIN, relevant la tête.

Il est donc sorti?...

MATHIAS.

Oui, voisin Hervin, il est sorti... Vous savez! rien n'lui f'rait négliger les affaires, à c't' homme-là! Mais qu'avez-vous donc, meunier? J' crois qu' vous pleurez!

HERVIN.

Moi!... non!... je... je pensais.

MATHIAS.

Pas à quéque chose d' bien gai, toujours!... Voyons, dites-moi un brin c' qui vous peine; j' vous baillerai p-têt' un bon conseil, moi! j' suis quéqu' chose, moi, vous savez? j' suis l' sequeurtaire du bailli, moi! j' sais même lire et écrire un brin, d' temps en temps.

HERVIN.

Ah! père Mathias, c'est pas des conseils qu'il me faudrait, mais de l'argent.

MATHIAS.

De l'argent! Mais n'y en a plus nulle part, à c't heure! et la preuve, car j'ai lu les papiers, c'est que l'trésor est à sec.. y a de grands événements qui s' préparent, voyez-vous! vu qu' les États-généraux sont tous renvoyés à cinq ans!... mais confiez-vous à moi tout d' même!

HERVIN.

Vous savez que Léonard m'a vendu un moulin?

MATHIAS.

Après?

HERVIN.

Il y avait mis pour condition qu'à mon premier manquement à payer les sommes convenues aux époques désignées, il serait en droit de reprendre le moulin, tout en gardant les sommes versées jusque-là. Il fallait vivre!... j'ai consenti; mais l'année a été mauvaise et il m'est impossible de faire face à l'échéance de demain; il me faudra quitter le pays!... Hier, j'ai déjà prié M. Léonard... il m'a repoussé! je venais faire encore une tentative auprès de lui...

MATHIAS.

Hé bien! faut pas jeter le manche après la cognée... Faut regarder les choses plus... plus politiquement... La roue de votre moulin ne tournerait plus que la terre tournerait tout de même... pas vrai, meunier? et les Etats-généraux qui sont tous renvoyés à cinq ans! tous! C'est ça qu'est grave!... Qu'on vende vot' moulin, qué qu' ça fait à la France? rien, pas vrai, meunier? Eh bien, puisque l'intérêt particulier, c'est rien, et que l'intérêt du pays, c'est tout, vous voyez bien que...

LA VOIX DE FIFRELIN.

Hé! là-haut! v'nez donc m'aider!

MATHIAS.

Ah! Fifrelin qu'est à la cave!... Attends, Fifrelin, me v'là! (Il va à la maison.)

HERVIN, à lui-même.

Voilà donc le secours que je peux espérer dans mon malheur! Ah! ma pauvre Marie! (Montrant la maison.) Elle est là, joyeuse, avec ses compagnes!... Tu peux rire encore aujourd'hui, pauvre enfant!... demain... demain... Oh! mais je reviendrai voir Léonard! il le faut! il le faut! (Il sort par la gauche au moment où Mathias reparr't avec Fifrelin, tous deux portant des bouteilles et des paniers.)

SCÈNE II

FIFRELIN, MATHIAS, puis JEAN BRULÉ, CHOPIN, puis CHARLOTTE, Paysans, Paysannes.

FIFRELIN.

C'est qu'en r' montant d' la cave j'avais éteint ma chandelle d'un coup de coude... je n' m'y retrouvais plus. (Allant à la table où des verres étaient placés.) Ça, c'est d' la bière... ce que vous tenez là, c'est du vin... et v'là du bran-de-vin...

MATHIAS.

Allons! rien n' manque!... C'est qu'on boit bien dans not' village de Saint-Waast.

FIFRELIN.

Et c'est pas ma noce tous les jours. Le père Léonard dira ce qui voudra... j'ai mis la main sur ses clefs, tant pis pour

sa cave! et tant mieux pour ma noce! Dieu! ma noce!... c'
qui veut dire que j'ai une femme!... (Montrant la maison.)
Est-elle redescendue, hein! mon Agnès?

MATHIAS.

Non, pas encore *. (Allant au fond et appelant.) Hé! les autres!

FIFRELIN, regardant la fenêtre de la maison.

Comme all' tarde! grand saint Eloi! comme all' tarde!

MATHIAS.

Tenez. les amis, v'là d' quoi boire. (Entrée des chœurs par la
droite.)

JEAN BRULÉ **.

A la bonne heure! et à la santé de Fifrelin!

LES PAYSANS.

A la santé de Fifrelin!

FIFRELIN, s'inclinant.

Merci, mes amis. (A part.) Ell' ne r' descendra donc
jamais!

JEAN BRULÉ.

A la santé d'Agnès, sa femme!...

TOUS, criant.

A la santé d'Agnès.

FIFRELIN, de même.

Merci, mes amis. (A part.) Pas plus tôt son mari qu'elle me
met à la porte! Ah! qué nom d'un nom!

JEAN BRULÉ.

A la santé des mariés réunis!

TOUS.

A la santé des mariés!

FIFRELIN, même jeu.

Merci, mes amis!... (A part.) Elle sait pourtant que je
l'attends sur des tisons!

JEAN BRULÉ, au fond.

A la santé de leurs enfants!

TOUS, trinquant.

A la santé de leurs enfants!

FIFRELIN, qui va d'abord recommencer machinalement son manége,
s'arrêtant tout à coup et avec colère,

Vous m'ennuyez!... (Rumeurs au fond. A part.) C'est vrai, ça!

* Mathias, Jean, Fifrelin.
** Mathias, Jean, Chopin, Paysans, Fifrelin.

ils sont insupportables, « à ma santé !... à sa santé !... à not' santé ! » j'en suis malade ! (Avec amour.) O Agnès ! ô ma femme ! (Avec rage.) Je te revaudrai ça, va ! petite gredine ! moi aussi, plus tard, j' te f'rai mourir d'amour !...

JEAN BRULÉ.

Mais ! mais ! mais ! qué qu'il a donc, Fifrelin ?

FIFRELIN.

J'ai... que j' suis malheureux, que j' m'en fais pitié *!...

MATHIAS.

Et pourquoi donc ça ? y s' plaint toujours, c' Fifrelin !

FIFRELIN.

Pourquoi ? d'abord, qu'en sortant de l'église et comme Agnès allait r' monter dans la carriole, j'ai voulu l'aider... par la taille... et qu'elle m'a donné un coup de coude dans le nez, comme alle descendait, qu' j'ai voulu l'aider... par la jambe, et qu'elle m'a donné un coup de talon dans l'œil !... pour me r'venger, j'ai voulu l'embrasser... et qu'elle m'a mordu l'oreille ! et que s'étant fait un accroc à sa robe d' noce, qu'alle est revenue chez son parrain : où elle est, là, à se r' priser, v'là une heure.... qué nom d'un nom !...

CHOPIN.

Ah ! aussitôt qu'on s' marie, faut d' la patience !...

JEAN BRULÉ.

Moi ! j' comprends l' garde-champêtre, car l'Alouette est bien la plus jolie fille que jamais !...

FIFRELIN.

L'Alouette !... oui, vous l'avez r'baptisée comme ça, parce qu' dès le l'ver du jour, elle chantait comme une vraie alouette; mais maintenant, minute !... Agnès chantera... plus tard !

MATHIAS.

Pas moins qu'y faut qu' tu sois né coiffé, toi, pour avoir fait c' mariage-là... juste au même moment que...

FIFRELIN.

Que on m'nommait garde-champêtre !... est-ce pas. Oui, mais ça durera-t-il, tout ça ?

JEAN BRULÉ.

Quand on vous dit qu'il n'est jamais content ! Faudrait donc le plaindre pour avoir su arracher une dot à ce vieux brigand de Léonard !

* Jean, Mathias, Fifrelin, Chopin, Paysans au fond.

FIFRELIN.

Jean Brulé, parle avec plus d'égards d'un homme... dont tu bois son vin!

JEAN BRULÉ.

Oh! je n' veux pas lui manquer de respect! mais c'est un vieux ladre, un vieux grigou, un vieux chien! V'là tout...

FIFRELIN.

A la bonne heure!

CHARLOTTE, venant du verger.

Dites donc, les hommes ? C'est l'heure de la danse, savez-vous! et on n'a pas encore vu not' joueux de violon!

CHOPIN.

Not' père Pacifique!

FIFRELIN.

Le père Baudimont! C'est drôle, ça, qu'ici y n' peuvent jamais appeler les gens par leur nom! Et comment donc qu' vous m' surnommez, moi?...

JEAN BRULÉ.

Toi! nous verrons ça quand tu seras le mari de ta femme!

FIFRELIN, inquiet.

Qu'est-ce à dire?

CHARLOTTE.

J' l'aime t'y, moi, l' père Pacifique, ah! en v'là un, d' brave homme!

MATHIAS.

Ah! pour ça, oui!... à sa santé!

TOUS.

A la santé du père Pacifique! (Ils boivent.)

FIFRELIN, qui était retourné devant la porte de la maison, éclatant tout à coup.

Ma femme! ma femme! il me la faut! qué nom d'un nom! ou je m'adresse à la justice!

SCÈNE III

Les Mêmes, AGNÈS, sortant de la maison avec quelques jeunes filles, puis LÉONARD, rentrant chez lui par la gauche.

CHARLOTTE.

Ah! voilà la mariée! et ses demoiselles d'honneur!...

AGNÈS *.

Oui, mesdemoiselles, c'est moi! moi, bien contente encore!
Ah! j'ai envie de chanter! (On va à elle. Fifrelin s'est élancé le
premier ;

CHOPIN.

Et voilà le bon M. Léonard !

LES PAYSANS.

Salut, monsieur Léonard ! (On l'entoure.)

LÉONARD, maussade.

Bonjour, bonjour! (A lui-même.) Encore tout ce monde chez
moi ?

AGNÈS, allant à lui.

C'est donc vous qu' vous êt's de r'tour, mon parrain!
tant mieux, parrain! et qu'il faut que je vous remercie
encore de tout ce que vous avez fait pour moi... (Elle va pour
l'embrasser.)

LÉONARD, avec humeur et se détournant.

C'est bon! c'est bon!

FIFRELIN, la bouche en avant.

Et moi, Agnès, moi, n'est-ce pas mon tour?

AGNÈS.

Encore dans ma poche! (Appelant.) A mon secours! mesdemoiselles d'honneur. Voilà encore ce Fifrelin qui...

FIFRELIN, à lui-même.

J'ai eu tort de n' pas mett' mes insignes de garde-champêtre... ça grandit un homme! Ce soir, dans ma chambre,
je les aurai!

LÉONARD, regardant autour de lui au moment où les divers groupes se
déplaçant viennent de démasquer la table.

Ah! ça, mais! que vois-je donc là ?... mais c'est à moi
tout cela! ça vient de ma cave! Qu'est-ce qui s'est permis.
(Appelant.) Fifrelin! mais ce mariage-là me mettra sur la
paille. (Appelant.) Fifrelin!

FIFRELIN, qui a rejoint Agnès.

Ma petite femme... ta menotte, au moins, ta menotte !...

AGNÈS.

Vous m'ennuyez !...

FIFRELIN, avec colère.

Mais je suis le maître, après tout! votre main, femme
Fifrelin, je veux votre main !

AGNÈS, lui donnant un soufflet.

Eh ben, la v'là ! (On rit.)

* Jean, Mathias, Chopin, Agnès, Fifrelin, Charlotte.

FIFRELIN, se frottant la joue.

Des gestes de menace !...

LÉONARD, aux paysans.

M'avez-vous entendu, vous autres * ?

SCÈNE IV

LES MÊMES, AVERLON.

AVERLON, paraissant et gaiement.

Comment, Fifrelin ! tu bats ta femme !... Bonjour, Léonard ; bonjour, mes amis **...

FIFRELIN, bondissant.

Moi, monsieur le bailli, moi ! je bats ma f... mais c'est elle au contraire qui...

AVERLON.

Battre ta femme ! une femme comme elle ! c'est honteux... tu mérites les derniers supplices...

FIFRELIN.

Et voilà la justice ?... Fi !... et voilà le mariage ?... Fi !.. j'ai besoin d'air... y m' faut de l'air... Où aller ?... J' m'en retourne à la cave... (Il disparaît à droite.)

AGNÈS, à ses compagnes.

En attendant que l' violon du père Pacifique vienne nous chercher pour le bal, allons dans l'jardin chanter des rondes ou cueillir des bouquets, voulez-vous, mes mignonnes ?

CHARLOTTE.

Nous y verrons Marie Hervin.

TOUS.

Oui ! oui ! allons !

Musique de M. Blangy.

CHARLOTTE.

Allons cueillir les citronelles,
On dit que leurs liens fleuris
Portent bonheur aux demoiselles
Qui veulent trouver des maris.

TOUTES.

La citronelle aux demoiselles,
Fait, dit-on, trouver des maris.

(Les jeunes filles sortent par la droite en chantant et suivies des paysans.)

* Jean, Chopin, Fifrelin, Léonard, Charlotte, Mathias, Agnès, Averlon.
** Jean, Chopin, Averlon, Fifrelin, Agnès, les autres au-dessus.

SCÈNE V

AVERLON, DANIEL, VALENTIN.

DANIEL, entrant par la gauche, à Valentin encore dehors.

Entrez donc avec moi, mon cher Valentin ! Nous allons peut-être trouver ici votre brave père, ce bon Pierre Baudimont, ou ma famille à moi... ma sœur, peut-être, (Valentin entre à ce nom.) Ma sœur, qui a dû apporter son cadeau de noces à la mariée.

VALENTIN.

Puisque vous le voulez !...

DANIEL.

Ah ! je savais bien qu'en parlant de .. (Apercevant Averlon qui va entrer dans le verger.) Salut à monsieur Averlon, le meilleur des baillis ! (Valentin s'incline devant Averlon.)

AVERLON, gaiement.

Salut à monsieur Daniel Dubucquoy, le plus jeune et le meilleur avocat au parlement de Douai. (D'un ton cordial.) Bonjour, mon ami... (Froidement.) Monsieur Valentin Baudimont, je vous salue. (Il paraît changer d'idée et sort par la gauche.)

SCÈNE VI

DANIEL, VALENTIN.

DANIEL.

Tiens !... qu'a-t-il donc, notre vieil ami ?... Est-ce que vous êtes brouillés tous les deux ?...

VALENTIN, déguisant son embarras.

Non vraiment !... et je ne devine pas... (A part.) Quand je pense que cet homme peut me perdre d'un mot !

DANIEL, revenant au ton joyeux.

Eh bien, moi, je crois que je devine.

VALENTIN, un peu troublé.

Vous ?...

DANIEL.

Ma foi oui ! il est assez clairvoyant, le bailli !... Il sait peut-être votre secret ?...

VALENTIN, de même.

Mon secret !

DANIEL, continuant.

Et moi aussi, je le sais... vous êtes le précepteur de ma sœur... Valentin, et vous avez lu : *La nouvelle Héloïse !*

VALENTIN, rassuré.

Vous croyez?

DANIEL.

Le bailli s'en sera aperçu comme moi, et peut-être, il blâme Valentin Beaudimont, le fils d'un ménétrier de campagne, d'élever ses vœux jusqu'à la fille de M. Dubucquoy, l'ancien fermier aux gabelles, le millionnaire!...

VALENTIN, se remettant.

Oui, oui... en effet. Mais vous, mon cher monsieur Daniel, vous devez me blâmer aussi!...

DANIEL.

Moi, Valentin ! Trouvant ma sœur charmante, je trouve bien naturel le sentiment qu'elle inspire...

VALENTIN.

Ah! dites donc irrésistible!... Mais la distance qui nous sépare...

DANIEL.

Eh! mon Dieu! est-elle donc si grande ? Mon père est plus riche que le vôtre, mais le vôtre est aussi honoré que le mien ; c'est le vrai seigneur du pays. On le vénère... on l'adore! le peu de terres qu'il a lui eût suffi pour vivre ; il a voulu se faire encore joueur de violon, le dimanche ; et souvent, avec son violon, il a donné du pain aux pauvres, payé le médecin aux malades ; n'a-t-il pas, en risquant sa vie, sauvé le meunier Hervin et sa femme, quand l'incendie leur a pris leur maison?... n'a-t-il pas ensuite travaillé pour eux?...

VALENTIN.

Oui, c'est vrai, mon père est très-bon!

DANIEL.

Vous et moi, nous avons reçu la même éducation... n'avez-vous pas été élevé au séminaire d'Arras ? nous sommes du peuple, Valentin, comme beaucoup de braves gens, comme la pauvre et adorable fille que j'aime, moi, tenez!... et si par vous, ma sœur doit être heureuse !

VALENTIN, à part.

Je comprends !... Son indulgence pour mon amour est faite d'un amour que lui-même éprouve au-dessous de lui !... (Haut.) Vous êtes donc amoureux aussi, mon cher monsieur Daniel?

DANIEL.

Oui, Valentin ; j'aime de toute mon âme une angélique
créature ! et ce que je ressens aujourd'hui est tellement au-
dessus de mes caprices d'hier que je reconnais l'amour vrai !...
Ah ! je suis fier d'en être resté capable en rencontrant celle
qui devait s'en montrer digne !... Elle est pauvre... mais je
serai riche... Bien qu'un peu d'instruction ait développé son
esprit, ce n'est qu'une paysanne, mais... (Au milieu des voix
rieuses des jeunes filles, on entend la voix de Marie qui dit :)

MARIE.

A moi ?... non, non ! Agnès, je ne veux pas ?...

DANIEL, écoutant.

Tenez, elle est ici !... au son de sa voix, mon cœur se
gonfle d'émotion !... Ah ! que je l'aime !... Espérons, Valentin,
espérons ensemble... C'est déjà un si grand bonheur que
d'espérer !... (Après avoir serré les mains de Valentin, il remonte vers
le fond et disparaît par la droite.)

VALENTIN, un instant seul.

Espérons, dit-il !... Oui, son appui peut tout pour moi...
O mes rêves ! mes rêves de fortune, réalisez-vous donc !

VOIX au dehors, côté gauche.

Le voilà ! le voilà !

CHOPIN, JEAN BRULÉ, revenant et allant ouvrir la porte charretière.

Le voilà ! c'est le ménétrier !

CHOPIN.

Il vient chercher la noce.

VALENTIN, à lui-même et amèrement.

Un ménétrier... c'est là mon père ! (Il remonte vers la droite.
Le père Pacifique paraît à gauche, son violon à la main, porté par quatre
paysans.)

TOUS.

Vive le père Pacifique !

FIFRELIN, reparaissant venant de la maison.

Et voilà une nouvelle potée de boisson pour boire à sa
santé...

TOUS.

A la santé du père Pacifique !

Musique de M. Blangy.

CHŒUR.

Le voilà, c'est lui, c'est celui qu'on aime,
Et qu'il faut avoir pour se marier ;
Sur ses airs chantants chantons-le lui-même,
Notre vieil ami, le ménétrier !

PACIFIQUE, frappant son violon de son archet.

L'orchestre est d'acord, prêt à la cadence !
Enlacez vos mains, couples d'amoureux !
Jeunesse, dansez, tout le temps qu'on danse,
On aime, on espère, et l'on est heureux !

TOUS.

Le voilà, c'est lui, etc., etc.

SCÈNE VII

PACIFIQUE, JEAN BRULÉ, MATHIAS, AGNÈS, FIFRELIN, CHARLOTTE, VALENTIN, Les paysans au fond.

PACIFIQUE, que l'on a déposé à terre.

Oui, mes jolies filles ; oui, mes chers garçons, me voilà !
et avec mon violon encore !... le vieux camarade qui a fait
danser vos mamans et qui, je l'espère bien, fera encore
danser vos filles ; car, Dieu merci ! j'ai bon pied, bon œil, et
lui (Montrant son violon.) ne chôme pas de cordes neuves ! (On
rit. Continuant avec une sorte de fièvre.) Ah ! ah ! C'est jour de
fête aujourd'hui ! arrière donc les soucis, et vive la joie !
Allons, garçons, retenez vos danseuses : moi, je vais boire
un coup. (Il va à la table et se verse à boire.)

MATHIAS.

Hé ! hé ! père Pacifique, prenez garde ! à notre âge !

PACIFIQUE.

A notre âge, père Mathias ? mais justement ! le vin est le
lait des vieillards, il nous faut une nourrice ! (Il prend une
dame-jeanne et se verse. Élevant son verre et d'une voix émue.) Je bois...
je bois aux honnêtes gens ! (Apercevant Valentin qui revient vers la
gauche, à part.) Mon fils* ! (Allant à lui et à demi-voix.) Je bois à un
avenir meilleur, monsieur... ; meilleur pour vous que votre
passé.

VALENTIN, troublé.

Que voulez-vous dire ?

PACIFIQUE, emmenant Valentin à l'écart.

Je sais tout ! je sais qu'il y a trois mois, à Arras, comme
il vous fallait de l'argent pour soutenir le rôle choisi par
votre vanité, vous n'avez pas reculé... devant un crime.

VALENTIN.

Mon père !

PACIFIQUE.

L'honnête homme dont vous avez contrefait la signature,

* Valentin, Pacifique sur le devant à droite.

c'est M. Averlon, le bailli... Je suis bien instruit, vous le voyez... Il pouvait vous envoyer aux galères, misérable! mais il a eu pitié de moi, de mes quarante ans de probité. Il a fait jurer le silence au porteur du faux commis par vous, et il a payé, non de ses deniers il est trop pauvre!... mais des deniers de la commune, de l'argent des malheureux !

VALENTIN.

Il a payé !...

PACIFIQUE.

Oui... mais il lui faut rendre ses comptes... Comme sa probité est toute sa richesse et comme il veut la conserver, s'il m'est impossible de le rembourser... il sera forcé de tout dire... comprenez-vous, monsieur Valentin?... (A ce moment paraît un groupe de jeunes filles à droite.)

VALENTIN.

Parlez plus bas, mon père !

PACIFIQUE.

Qu'est-ce que mes pauvres économies pour effacer la trace de votre crime? Rien! Il faut donc prier Léonard, tendre la main!... tendre la main pour obtenir... moi qui ne l'avais jamais tendue que pour donner! J'ai voulu m'enhardir pour cette humiliante démarche, et moi qui ne bois que de l'eau... vous le savez?... (Valentin veut l'interrompre. Pacifique continue sans s'arrêter.) Depuis que j'ai reconnu que l'ivresse me rendait fou, aveugle, furieux!... j'ai bu pourtant, car, de sang-froid, je n'oserais jamais ce qu'il faut que j'ose aujourd'hui pour vous!... Mais si Léonard me refuse, s'il me repousse, vous êtes déshonoré à jamais et mon vieil honneur périt dans votre honte. (Avec un mouvement de fureur.) Misérable!... (Changeant de ton et suffoqué par les larmes.) Moi, qui t'aimais tant !

VALENTIN.

Ah! lâche que je suis! je n'ai pas su mourir!...

PACIFIQUE, avec effroi.

Mourir!... tu as voulu te tuer! oh! malheureux enfant!... mais du même coup tu aurais tué ton père!... Je verrai Léonard, il aura pitié de mes prières... et l'on ne saura rien... j'oublierai tout, entends-tu... j'oublierai tout. (Il le prend dans ses bras avec transport.)

VALENTIN, voyant venir quelqu'un.

Mon père, prenez garde!

PACIFIQUE.

Oui, oui, ne crains rien ! Mais le bailli doit être de ce mariage... Va, va, qu'il ne te voie pas!

VALENTIN, qui a gagné la sortie, à part avant de disparaître.

Si je pouvais rencontrer la famille Dubucquoy ! (Il sort. Pacifique le regarde s'éloigner d'un regard plein de tendresse et de chagrin, puis il réfléchit, vient à la table et se remplit un verre qu'il boit.)

AGNÈS * pendant ce temps, à Fifrelin et en minaudant.

Vous me boudez, monsieur mon homme !

FIFRELIN.

Elle m'a parlé ! avec sa voix !... O ma femme, que veux-tu ?

AGNÈS.

Plaît-il ?...

FIFRELIN.

Ah ! oui, c'est trop tôt, n'est-ce pas ? c'est trop tôt !... (Appuyant.) Qu'est-ce que *vous* vouliez, ma femme ?

AGNÈS.

Offrir mon bras à mon mari.

FIFRELIN.

Son bras !... enfin, c'est toujours ça ! (Apercevant Marie qui entre par la droite entre deux jeunes filles.) Ah ! voilà Marie Hervin... salut mademoiselle Marie, vous êtes jolie comme... comme ma femme ** !

MARIE.

Bon Fifrelin !... Personne ne vous souhaite plus de bonheur que moi, mes amis. (Voyant entrer Hervin qui, en passant, donne une poignée de main à Pacifique.) Mon père ! comme il a l'air accablé *** ! (Elle va à lui et lui parle bas.)

CHOPIN, montrant Hervin.

Y a pas de danger qu'y vienne trinquer un coup avec nous, l' meunier !

FIFRELIN, au bras d'Agnès.

S'il n'a pas soif, c't homme !

CHOPIN.

Laissez donc, c'est un finaud, un sournois, un homme à mauvais coups peut-être !

AGNÈS.

Et vous, un homme à mauvaise langue, bien sûr ! (Ils continuent à voix basse.)

---

* Pacifique, Fifrelin, Agnès, les autres au fond.
** Fifrelin, Agnès, Pacifique, Marie, puis Hervin.
*** Jean, Charlotte, Mathias et Fifrelin autour de la table ; Agnès, Marie, Hervin, Pacifique.

HERVIN, haut à Marie.

Rassure-toi, ma fille... Léonard m'accordera du temps...
hier encore il me l'a promis... Amuse-toi donc, mon enfant, et sois tranquille! (Il l'embrasse.) Sois bien tranquille!

MARIE.

J'essaierai, mon père....

FIFRELIN, ayant Agnès à son bras. (Jean Brulé a pris celui de
Charlotte.)

Eh bien! père Pacifique, vous nous oubliez-là?

CHARLOTTE.

A la danse donc!

PACIFIQUE, secouant ses idées.

A la danse, mes enfants! et mon violon et moi, nous
allons mener vos rondes sur des airs de printemps, de gaieté
et d'amour! Suivez-moi, jeunesse laborieuse, jeunesse sans
remords; et sautez les jambes, battez les cœurs! en avant!

TOUS.

En avant! (Pacifique s'élance par la grande porte en jouant du violon.
Tout le monde le suit gaiement sur la reprise du chœur chanté à son
entrée.)

MATHIAS *, à Hervin, pendant le défilé et au moment où le meunier se
dispose à entrer chez Léonard.

Et vous, Hervin, vous allez voir votre homme?

HERVIN, tout en regardant Marie.

Oui, car j'ai besoin de mon moulin, père Mathias, il faut
que je le garde.

MATHIAS, en suivant les paysans.

Eh bien! bonne chance!

HERVIN, entrant à droite.

Merci! (Au moment où Marie qui suivait son père des yeux va rejoin-
dre ses compagnes, elle se trouve en face de Daniel qui vient du verger.)

SCÈNE VIII

MARIE, DANIEL.

(Pendant ce te scène on entend au dehors la musique de la première
contredanse.)

MARIE, surprise.

Monsieur Daniel!

DANIEL.

Oui, moi, Marie... (Se reprenant.) Mademoiselle Marie!
Moi qui ne vous vois jamais qu'en passant, à la dérobée,

* Mathias, Hervin.

et qui pourtant voudrais vous dire une fois toute l'affection, tout le respect tendre que vous m'inspirez.

MARIE, troublée et les yeux baissés.

Monsieur, en vérité... je ne sais que répondre, vous me rendez confuse en me parlant à moi, la pauvre fille du meunier Hervin, comme vous parleriez à une demoiselle, comme on doit parler à... à votre sœur!

DANIEL.

Oui, parce que vous êtes pure et bonne comme elle, et que je vous aime... comme je l'aime!...

MARIE, baissant la tête.

Monsieur Daniel!

DANIEL, après un silence.

Vous souvenez-vous de la première fois que nous nous sommes vus, Marie?

MARIE, doucement.

C'était dans le cimetière de Saint-Waast! le soir de la fête du village. Nous nous rencontrions devant une tombe : celle de ma mère.

DANIEL.

Je l'ai connue... je l'ai pleurée...

MARIE.

Pas bien loin de là, on dansait... et ainsi qu'en ce moment le vent apportait le son du violon de Pacifique... à travers les arbres du cimetière. Une pauvre vieille mendiante passa; elle aussi avait peut-être là quelqu'un à pleurer.

DANIEL.

Vous lui donnâtes une petite pièce blanche en lui disant : « C'est tout ce que j'ai... mais je vous l'offre au nom de ma mère... »

MARIE.

Et vous, monsieur, vous lui dites en lui remettant votre offrande : « Au nom de celle qui repose là! » Et depuis, cette femme m'a appris que vous lui aviez assuré une vieillesse tranquille...

DANIEL.

Et depuis, la petite pièce qui lui venait de vous est à moi; et depuis... (Lentement et doucement.) je me suis plus d'une fois dit en la regardant : si un jour cela devenait notre pièce de mariage!...

MARIE, avec un cri.

Monsieur Daniel!

DANIEL.

Et pourquoi pas ?

MARIE, rougissant et baissant la tête.

Oh! monsieur!

DANIEL.

Mais, Marie, dans ce regard que vous venez enfin de lever sur moi, j'ai vu un grand chagrin! Marie, est-ce que... est-ce que vous aimeriez? (Silence.) Est-ce que l'on voudrait vous unir à quelqu'un que vous n'aimez pas?

MARIE, vivement.

Ah! ce n'est pas cela!

DANIEL.

Est-ce donc alors qu'on refuserait de vous unir à celui que vous...

MARIE, vivement.

Non! non! je vais tout vous dire!

DANIEL, avec amour.

Chère Marie!

MARIE.

Monsieur Daniel! mon père et moi, demain, nous serons peut-être chassés de notre maison, faute de pouvoir payer à Léonard ce que nous lui devons encore...

DANIEL.

Ah! (D'un ton sérieux.) Mademoiselle Hervin, vous m'acceptez pour ami, n'est-ce pas? (Marie lui tend la main. Daniel reprend joyeux.) Ah! maintenant, vous ne pouvez plus me refuser... Je verrai mon père ce soir même, je lui dirai tout, et demain Hervin sera chez lui.

MARIE.

Mais...

DANIEL, souriant.

Autant nous devoir à nous qu'à M. Léonard : nous ne vous prendrons pas plus cher!

MARIE.

Vous êtes bon... j'accepte.

DANIEL.

Merci! maintenant, Marie, en attendant que je parle à mon père; en attendant que cette affaire finisse, je lui parle d'une autre... plus grave encore... et plus douce... Voulez-vous de moi un moment pour danseur ?

MARIE, doucement.

Comment vous refuserais-je. (Daniel avance le bras, elle pose doucement le sien et, lui, la regardant avec tendresse, elle, le front baissé, tous deux sortent à pas lents par la porte charretière. Depuis un moment, la musique a cessé de se faire entendre. La nuit vient et pendant les scènes qui vont suivre, on verra placer des lanternes dans les arbres qui s'élèvent au-dessus du mur, vers la gauche, du côté où l'on danse.)

SCÈNE IX

HERVIN, puis PACIFIQUE et LÉONARD.

HERVIN, sortant de la maison d'un air éperdu et à lui-même.

Dieu! mon Dieu! que peut faire la colère?... pourquoi ai-je tiré ce couteau? (Il le jette à terre et disparait par la porte charretière.)

PACIFIQUE, rentrant par la petite porte.

Léonard est chez lui... entre deux contredanses il faut que je lui parle, et que je réussisse surtout! Oui! oui! il le faut.

LÉONARD, en sortant de chez lui, et en appuyant la main sur sa poitrine.

Il m'a blessé, ce coquin de meunier! Heureusement que son couteau a glissé entre mon bras et ma poitrine! sans cela!... (Il est arrivé à la porte charretière et la ferme en grommelant ce qui suit.) Au diable, les mendiants!... leurs enfants!... leurs enfants! ils n'ont que cela à la bouche... Pourquoi en font-ils... des enfants?... Est-ce que j'en fais, moi?... Pour combien d'argent m'ont-ils bu aujourd'hui?... en riant de moi!... C'est bon! Mais que le feu se mette dans vos meules, misérables! que la clavelée tombe sur vos moutons... que l'inondation emporte vos masures, vous ne rirez plus alors, vous me supplierez et je vous ferai tirer une langue plus longue que mon bras. (Pacifique a redescendu la scène : il est venu boire un verre d'eau-de-vie à la table de gauche. En allant pour rentrer chez lui Léonard le trouve sur son chemin.)

SCÈNE X

LÉONARD, PACIFIQUE.

LÉONARD.

Est-ce vous, Pacifique?

PACIFIQUE.

Oui, Léonard... c'est moi!...

LÉONARD.

Tiens! et pourquoi donc ça ?

PACIFIQUE.

Je vais vous le dire, asseyons-nous.

LÉONARD.

Ah! si ça doit être long, vaut mieux remettre ça à demain. (Il passe à droite *.) Je me couche de bonne heure, moi, voyez-vous! ça épargne la chandelle et on se lève plus matin...

PACIFIQUE.

Oui, mais ça presse.

LÉONARD.

Ça presse!

PACIFIQUE.

Oui.

LÉONARD, après un temps.

Baudimont, vous voulez me demander de l'argent?...

PACIFIQUE.

Oui, Léonard... et beaucoup...

LÉONARD.

Lui aussi! et « beaucoup!... » voilà le bouquet!

PACIFIQUE, continuant.

De l'argent, vous avez dit le mot le premier... tant mieux! ça me soulage tout de suite. (Avec une gaieté factice.) Eh bien! oui, je viens... je viens vous proposer une affaire.

LÉONARD.

Une affaire! vous! tiens!... Qu'est-ce qu'il vous faudrait donc? (Il s'assied.)

PACIFIQUE, avec effort après une pause.

Huit cents écus... pour un an...

LÉONARD.

Non! la somme est trop forte! avec les intérêts, ça n'irait pas loin de mille, dites donc?... et quelles garanties offririez-vous?

PACIFIQUE.

Mon travail, ma parole, ma réputation...

LÉONARD, railleur.

Tout ça pour mille écus!...

PACIFIQUE.

Mais... qu'est-ce que vous parlez donc de mille écus? Même en comptant de gros intérêts, ça ne ferait jamais ça!...

LÉONARD.

Vous comptez donc mieux que le père Léonard, vous?

* Pacifique, Léonard.

PACIFIQUE.

Non... mais sur les huit cents écus dont j'ai besoin, il y aurait déjà les deux cents que vous avez à moi et que je vous redemande à cette occasion.

LÉONARD.

Qu'est-ce que vous dites donc, monsieur Baudimont?... moi, j'ai de l'argent à vous!...

PACIFIQUE, surpris.

Mais... vous avez... deux cents écus.

LÉONARD, s'animant.

J'ai deux cents écus à vous, moi?

PACIFIQUE.

Ah! ça... mais... oui, vous !

LÉONARD.

Êtes-vous sûr de n'avoir pas bu aujourd'hui, père Baudimont?

PACIFIQUE, s'animant aussi.

Êtes-vous sûr, vous, de... (Se domptant.) Êtes-vous sûr de ne pas perdre la mémoire? voyons! voyons, Léonard! rappelons-nous un peu... Une première fois, il y a quatre ans, et une deuxième fois, il y aura deux ans à la Saint-Jean prochaine, je vous ai apporté mes épargnes ; cent cinquante écus d'abord... cinquante seulement en dernier lieu, parce que j'avais aidé quelques amis... J'aimais mieux que ce peu d'argent fût chez vous que chez moi, car je me défiais de quelqu'un... porté aux fredaines de la jeunesse...

LÉONARD, en se levant.

Assez, père Beaudimont; vous rêvez!... Il faut demander vos écus à qui vous les avez confiés.

PACIFIQUE, abasourdi.

Ah ! en voilà bien d'une autre!...

LÉONARD.

Je ne sais ce que vous voulez dire, moi!... D'ailleurs, je donne toujours des reçus... où sont vos reçus ?

PACIFIQUE.

Je n'en ai pas voulu, vous le savez bien ?

LÉONARD.

Comme c'est naturel !

PACIFIQUE.

Nous sommes d'honnêtes gens, vous ai-je dit. Chez moi, rien ne ferme, je ne veux pas qu'on trouve un pareil papier...

LÉONARD *.

Je suis, ma foi ! bien bon d'écouter vos sornettes ; mais, en vérité, songez donc à ce que vous dites !... ayant reçu ces... combien dites-vous ?... deux cents ? trois cents écus ?... combien ?... et niant que je les ai reçus... (et je le nie)... mais... mais... mais... je serais un fripon.

PACIFIQUE, à lui-même.

O mon Dieu !

LÉONARD.

Je suis un fripon ?

PACIFIQUE, s'échauffant.

Léonard !...

LÉONARD. —

Je suis un fripon, ou vous avez menti.

PACIFIQUE.

Je n'ai jamais menti.

LÉONARD.

Alors, je suis... un fripon ?...

PACIFIQUE, éclatant.

Eh ! oui : gredin ! et c'est toi qui mens après m'avoir volé !...

LÉONARD, colère et froid.

M'insulter !... chez moi... sortez... sortez.

PACIFIQUE.

Oui, je sors, je vais trouver le bailli... je lui dirai (Il s'arrête.)

LÉONARD, tout à coup attentif **.

Hé !

PACIFIQUE, à lui-même.

Je lui dirai que je suis dépouillé, que je n'aurais pu le rembourser, d'ailleurs, qu'il n'a qu'à sacrifier Valentin. (Plus haut avec désespoir.) Je lui dirai...

LÉONARD.

Vous lui direz que vous êtes ivre.

PACIFIQUE.

Ivre !

LÉONARD.

Et que c'est pour ça que j'ai eu pitié de vous... et que je vous ai dit d'aller dormir... bonsoir... (Il va pour rentrer à la maison, Pacifique a été jusqu'à la porte de gauche. Il reste un moment

* Léonard, Pacifique.
** Pacifique, Léonard.

appuyé contre un des montants. On voit qu'il est en proie à un violent combat intérieur.)

PACIFIQUE.

Valentin est perdu !... je m'y suis mal pris et pourtant... (Au moment où Léonard va rentrer chez lui.) Léonard ?...

LÉONARD, sans se retourner.

Bonsoir !

PACIFIQUE, d'une voix suppliante.

Léonard ?

LÉONARD, se détournant.

Eh bien ?

PACIFIQUE, avec un grand effort.

Vous dites vrai... j'étais ivre... je vous demande pardon !.. vous ne... vous ne me devez rien !

LÉONARD.

Ah ! c'est heureux : allons, c'est bien, n'en parlons plus. maintenant que c'est fini et que... (Sentant quelque chose sous ses pieds, il se baisse en disant.) Qu'est-ce que c'est que ça ? ah ! le couteau de l'autre !... (Il s'assied à la table vis-à-vis de Pacifique et mettant le couteau près de lui sur la table, il reprend.) Maintenant que je vous ai pardonné, buvez encore un coup, et après...

PACIFIQUE.

Non ! je ne veux plus boire.

LÉONARD, s'asseyant de l'autre côté de la table.

Eh ! si ! buvez donc, ce serait perdu... un dernier coup... (Il verse.) Pour trinquer ensemble... (Il lève son verre.)

PACIFIQUE, y choquant le sien, à part.

Oh ! le misérable !... (Il boit.)

LÉONARD, ayant effleuré son verre, à part.

Mais, c'est de l'eau-de-vie ! et il a bu son plein verre !... enfin !... (Se levant.) Allons, bonsoir ! ça vaut toujours mieux, voyez-vous, de se quitter bons amis comme nous nous quittons là...

PACIFIQUE, qui s'est levé aussi.

Sans que... sans argent ?...

LÉONARD.

Ah ! dam ! oui, quant à ça !

PACIFIQUE, bouleversé.

Mais c'est impossible !...

LÉONARD.

De l'argent, voyez-vous, puisqu'il faut vous le dire... eh bien !... je n'en ai pas... Au fond, voilà le vrai... On croit

comme ça que j'en gagne et que j'en amasse !... et on dit...
on dit !... C'est vrai que j'en ai gagné, oui, un peu... mais
faut que je vous l'avoue, j'ai des vices, moi, et...

PACIFIQUE, qui n'écoutait pas.

Vous ne voulez pas me prêter d'argent ?

LÉONARD, changeant de ton.

Mais non... je vous dis !... je n'en ai pas ! allons-nous
recommencer ?

PACIFIQUE.

Léonard ! Léonard ! écoutez ! je vais vous parler comme
à un ami, je vais vous confier un grand secret ! Léonard, il
s'agit de... de l'honneur de mon fils... de mon honneur...
vous voyez bien Léonard que je ne peux pas sortir d'ici
sans argent ! il faut donc que vous me prêtiez ces huit cents
écus, il le faut ! je vous rendrai ce que vous voudrez, le
double... le triple...

LÉONARD, s'arrêtant *.

Vous me prenez donc pour un usurier...

PACIFIQUE.

Non ! non ! vous êtes bon ! généreux, c'est moi qui suis un
vieux fou !... Pour m'acquitter, Léonard, je travaillerai jour
et nuit ; j'userai mes ongles à la terre ; je labourerai vos
champs, Léonard ; je ferai tous les métiers ! je ne mangerai
que du pain noir, je ne dormirai plus pour m'acquitter plus
vite... et ce ne sera pas long ! ah ! si vous aviez un fils, il y
a longtemps que vous m'auriez dit : oui... Et j'aime tant
mon fils, moi !... il n'a été qu'égaré, voyez-vous, le pauvre
enfant ! et il travaillera avec moi... il vous bénira comme
moi. Ah ! vous ne me dites plus non, n'est-ce pas ? vous ne
dites plus non... Léonard, mon ami !

LÉONARD, se détournant.

Je ne peux pas !

PACIFIQUE.

Léonard, je vous prie à mains jointes !

LÉONARD.

Je ne peux pas !

PACIFIQUE.

Je vous supplie... à genoux ! (il s'y met.)

LÉONARD

Ah ! vous m'ennuyez !

PACIFIQUE, bondissant.

Ah ! eh bien ! je veux mon argent maintenant !

* Léonard, Pacifique.

LÉONARD.

Vous avez avoué que je ne vous devais rien.

PACIFIQUE, à part.

Ah ! voleur ! (Haut.) Non, non, Léonard ! non ! je suis ivre, je me trompais, je ne le dirai plus... non. Tu ne me dois pas d'argent, mais tu vas m'en prêter au moins ! n'est-ce pas ? n'est-ce pas ?

LÉONARD, fortement.

Non !...

PACIFIQUE.

Ah ! prends garde ! dis oui... Léonard, dis oui... dis que tu consens ! il le faut, vois-tu !...

LÉONARD.

Mais c'est de la violence ! voulez-vous m'effrayer ?

PACIFIQUE.

Oui !

LÉONARD.

Mais tu es donc venu ici pour me voler, toi ? pour m'assassiner, comme l'autre !... et tu crois que j'ai peur, peut-être ?... allons donc ! hé bien ! qu'attends-tu, honnête homme ?... veux-tu me tuer pour tout emporter à ton aise ? Ah ! prends garde à ton tour ! je me défendrai, prends garde [*] ! (Il va à la table prendre le couteau.)

PACIFIQUE, lui arrachant le couteau et le rejetant sur la table [**].

Laisse là ce couteau et obéis !... obéis ! car je suis mauvais dans la colère et j'ai fini de supplier (Frappant sur la table.) Apporte-moi là ce que je t'ai demandé... Ah ! pendant des années, tu t'enrichiras du plus pur travail des braves gens... tu les prendras dans tes toiles et tu épuiseras leurs veines, araignée pleine de sang ! tu nous dépouilleras morceau par morceau ! Tu mangeras du paysan, canaille ! et une fois par aventure tu refuseras d'aider un malheureux qui se traîne à tes pieds. Ah ! que non ! va !.. je m'acquitterai... tu le sais bien que je m'acquitterai, mais, tu nous obligeras malgré toi-même... obéis donc, coquin !

LÉONARD, courant vers la porte.

C'est ton fils qui est un coquin !

PACIFIQUE, le devançant et se jetant devant lui.

Tais-toi !

[*] Léonard, Pacifique.
[**] Pacifique, Léonard.

LÉONARD, essayant de se dégager.

Oui, un coquin !

PACIFIQUE, le retenant.

Tais-toi !

LÉONARD.

Un coquin, et je le dirai !

PACIFIQUE, reprenant le couteau.

Tais-toi ou je te tue !

LÉONARD, criant.

Valentin s'est déshonoré ! Pacifique me vole mon argent,
au meurtre ! au voleur !

PACIFIQUE.

Tais-toi donc ! (Il le frappe en lâchant le couteau, Léonard tombe.)

VOIX AU DEHORS.

Pacifique ! Pacifique !

PACIFIQUE, comme fou.

Ah ! on m'appelle ! qui m'appelle ? le bailli ? relève-toi,
Léonard !... c'est le bailli qui m'appelle !... Relève-toi donc,
Léonard !... (Bruit de voix.) Me voilà, me voilà !... (Il sort à recu-
lons par la gauche.)

SCÈNE XI

LÉONARD, seul, essayant de se soulever.

Ah ! est-ce qu'il... est-ce qu'il m'a tué ? (Il a retiré le couteau
de sa blessure et s'appuie dessus pour se relever.) Justice ! justice !
je suis tout seul ici... Agnès ! Agnès ! ah ! elle danse, l'in-
grate !... pourrai-je me traîner dehors ? Au secours !
Agnès !... Ah ! la coquine ! mais je veux vivre, moi !... si
j'étais pauvre, je n'y tiendrais pas tant ? .. mais j'ai de l'argent, moi, je ne veux pas abandonner mon argent !... Oh ! j'ai-
merais mieux mourir !... mais je déraisonne ! non ! non ! pas
mourir ! je ne veux pas !... mais... mais je perds mon sang !
du secours... du secours ! ! (Il est parvenu jusqu'à la porte de
gauche par où on le voit disparaître en se traînant avec effort.)

DEUXIÈME TABLEAU

Les noces de Fifrelin.

Au fond la rivière, au delà la campagne. Bouquets de grands arbres sous lesquels a lieu le bal champêtre. A droite, au premier plan, la petite porte de la cour de Léonard. — Au deuxième plan, une manière de cabaret avec quelques tables au dehors ; à gauche, au milieu du feuillage, l'entrée d'une ruelle qui conduit chez Hervin.

SCÈNE UNIQUE

PACIFIQUE, FIFRELIN, AGNÈS, MATHIAS, CHOPIN, JEAN BRULÉ, CHARLOTTE, puis LÉONARD, puis HERVIN, puis MARIE; Paysans, Paysannes, Enfants ajoutant à l'aspect d'une noce de village. Enfin, à la fin de la scène, DANIEL.

Au moment du changement de décor, le soleil se couche tout rouge à l'horizon ! Il fait déjà nuit et les paysans ont attaché des lanternes et des fàlots aux branches des arbres. On danse. — Pacifique joue du violon debout sur un tonneau. Ceux qui ne dansent pas, boivent, causent ou se promènent

JEAN BRULÉ.

Avez-vous vu passer l'meunier, vous autres ?

CHOPIN.

Oui, oui, il avait les cheveux comme tout droits sur la tête !

MATHIAS.

J'disais bien qu'il aurait du mal avec Léonard !

FIFRELIN, se détachant de la danse et emmenant Agnès.

Agnès, le soleil est allé se coucher, les soirées sont fraiches, est-ce que vous n'avez pas peur du se... (Il s'arrête.)

AGNÈS.

Du ?...

FIFRELIN.

Dieux !... (A part.) J'allais dire du serein, mais je la connais, elle aurait si vite trouvé quelque chose de désagréable ! (On danse, mais c'est d'une manière frénétique que Pacifique joue du violon. Bonds rapides, rires et cris.)

MATHIAS, dansant.

Mais il n'y a pas moyen de suivre votre violon, père Pacifique! (Dans ce moment, un homme sort des ombres de la droite il se traîne en s'accrochant aux arbres et aux pierres. C'est Léonard.)

LÉONARD, d'une voix étouffée, il a gardé le couteau dans sa main crispée.

A moi! à moi! au secours! ah! ce bruit, ces cris! ils ne m'entendent pas!

FIFRELIN, qui n'a pas quitté Agnès, lui parlant avec amour.

Ma petite femme, viens nous-en?

AGNÈS.

Non! non! tout à l'heure! (Il la poursuit, en le fuyant elle vient heurter le corps de Léonard.) Ah! mon Dieu! qu'est-ce que c'est que cela? un homme! (Léonard pousse un soupir. Agnès se relève avec un cri de terreur)

FIFRELIN *.

Hé! voyons! l'homme!... relevez-vous.

LÉONARD.

Je me meurs!

AGNÈS.

Mon Dieu!

FIFRELIN, criant.

Au secours!

TOUS **.

Qu'y a-t-il? (Tous accourent. Quelques paysans détachent des lanternes pour éclairer la scène.)

MATHIAS.

Léonard!... assassiné!

HERVIN, qui a paru à gauche, s'avançant.

Qu'ai-je entendu?

JEAN BRULÉ, aux autres en soutenant Léonard.

Silence!...

LÉONARD, avec effort.

De l'argent! de l'argent! ils en veulent toujours! et alors... (Il étouffe.)

MATHIAS.

Mais qui est-ce qui vous a frappé?

* Fifrelin, Léonard, Agnès, Pacifique au fond.
** Jean, Hervin, Mathias, Léonard, Agnès, Chopin, Fifrelin, Charlotte et paysans.

LÉONARD, dont la voix s'affaiblit toujours.

Hein! Qui m'a frappé? Je ne sais plus... si! Hervin... et... et... Ah! à personne mon argent! (Il meurt.)

TOUS.

Mort!

AGNÈS, pleurant.

Ah! mon parrain! mon pauvre parrain!

MATHIAS, à demi-voix aux paysans.

L'avez-vous entendu? ça serait donc Hervin le meurtrier! Il a attendu que Léonard soit tout seul chez lui... et c' qu'il disait en y allant...

CHOPIN.

Jean nous l'a fait voir quand il est resorti. Était-il pâle!... Il venait d' faire le coup! C'est Hervin le meurtrier!

HERVIN, s'avançant.

Meurtrier! moi! (A lui-même et avec égarement.) Dans ma colère, j'ai donc frappé mortellement? Oui! oui! et pourtant... je... j'ai... Dieux! mon cerveau va éclater.

FIFRELIN, ramassant un couteau.

Qu'est-ce que c'est que ce couteau-là.

HERVIN, s'avançant, puis avec horreur se rejetant en arrière.

Mon couteau! (Mouvement.)

CHOPIN.

Il le reconnait! Vous voyez bien que c'est lui qui l'a tué!

TOUS.

A mort, l'assassin!

MARIE, avec un cri *.

Ah! qu'est-ce qui dit que mon père est un assassin?...

CHOPIN.

C'est tout le monde, pardié!... d'ailleurs, il a reconnu son couteau!

MATHIAS.

Je vais avertir le bailli, moi, c'est mon devoir! faites le vôtre, Fifrelin, veillez sur l'accusé... (Il sort.)

MARIE.

Taisez-vous! malheureux! mon père, un assassin! vous êtes ivres! allons, demandez-lui pardon... (Elle va à Hervin.)

VOIX DIVERSES.

A mort! le meunier!

____

* Hervin, Marie, Léonard, Chopin, Mathias, Agnès, etc.

HERVIN, prenant le milieu.

Oui! oui! à mort! j'ai mérité la mort... Pardon! pardon!
et adieu!... Adieu, vous que j'aimais! adieu ma fille! mes
amis! Pacifique! (En ce moment les regards se portent du côté de
Pacifique que l'on avait oublié Celui-ci, comme mu par une force invisible, n'a
pas cessé de jouer. L'œil fixe et debout sur son tonneau, il se détache sur le
fond rouge du ciel, mais peu à peu son ardeur se ralentit. Il chancelle, tourne
sur lui-même et tombe dans les bras de ceux qui l'entourent.)

JEAN BRULÉ.

Il est ivre-mort!

MATHIAS.

Non, regardez-le!... On dirait plutôt qu'il est fou!

TOUS.

Fou!

DANIEL, accourant *.

Que se passe-t-il donc, grands dieux!

FIFRELIN, montrant le corps.

Léonard! assassiné par Hervin!

MARIE.

Ils le disent, monsieur Daniel? ils ont osé le dire!

AGNÈS.

Courage, Marie! courage!

CHARLOTTE.

Vous la plaignez quand son père a tué votre parrain?...

AGNÈS.

Qui donc la plaindra!

DANIEL.

Moi, Agnès! moi, qui serai l'avocat de celui qu'on accuse!
Je vous accompagne, Hervin... partons **!

TOUS.

Emmenez-le! emmenez-le!

PACIFIQUE, il s'est redressé, et dans son délire il s'est remis à jouer
dans le vide avec une rage vertigineuse.

Taisez-vous donc, vous tous! on n'entend pas mon violon!
allons les amoureux, sautez donc, dansez donc! ah! (La voix

* Charlotte, Agnès, Marie, Daniel, Hervin, Chopin, Pacifique,
Mathias, Léonard mort, Jean, etc.
** Charlotte, Agnès, Marie, Mathias, Pacifique, Hervin, Daniel,
Chopin, Jean, Léonard mort, etc.

lui manque, il retombe. On l'entraine. Du côté opposé, les paysans emmènent Hervin que Daniel suit pendant que l'on retient Marie.)

LA VOIX D'HERVIN, s'éloignant.

Marie! Marie!

MARIE.

Mon père! (Elle tombe épuisée dans les bras dAgnès.)

LA VOIX DES PAYSANS, qui suivent Hervin.

Mort à l'assassin!

ACTE DEUXIÈME

TROISIÈME TABLEAU

Trop tard.

Au château Dubucquoy. Une salle à manger occupant trois plans du théâtre, — à droite et à gauche, les deux premiers plans sont coupés de façon à regarder obliquement le public. — A gauche, une porte et une large et haute fenêtre ayant vue sur le village et la campagne. — A droite, au premier plan, la cheminée surmontée d'une glace ovale. — Au deuxième plan, une porte. — A partir du point où s'arrête le deuxième plan, le troisième plan forme un carré à angles droits, au fond duquel est la porte d'entrée; au milieu, sur le devant, un guéridon; meubles rococos de la fin du dix-huitième siècle.

SCÈNE PREMIÈRE

JÉROME, JUSTIN, puis AGNÈS.

JÉRÔME, devant la fenêtre, regardant au loin.

Il y a longtemps qu'on n'a vu tant d' monde à Saint-Waast! J'en vois arriver par tous les chemins ! y en a-t-il de ces hommes, et de ces femme, donc !

JUSTIN, rangeant, frottant, époussetant avec ardeur.

Allons, allons, dépêchons-nous! (Fredonnant.)

> « La belle Bourbonnaise,
> » La compagne de Blaise. »

AGNÈS, sortant de la droite et se dirigeant vers la gauche, elle tient une tasse vide à la main, s'arrêtant.

Oh ! oh! quel zèle aujourd'hui, et quelle gaieté ! Ne chantez pas si fort au moins, songez à notre malade... à ce pauvre M. Baudimont ! (Elle montre la droite.)

JUSTIN.

C'est que, voyez-vous, je brusque un peu ma besogne, pour pouvoir aller à l'exécution.

AGNÈS.

Fi ! l'horreur !... Eh! c'est pour ça qu'il se dépêche, une

fois dans sa vie *!... et vous, Jérôme, est-ce que vous voulez y aller aussi ?

JÉRÔME.

Moi, Agnès ! par exemple !

AGNÈS.

A la bonne heure !

JÉRÔME, achevant.

Je verrai bien d'ici !

AGNÈS.

Ah ! vous n'êtes que des sans-cœurs ! trouver du plaisir à aller voir mourir un malheureux...

JÉRÔME.

Puisqu'il est criminel... et qu'il a tué un vieux coquin d'usurier... (Appuyant.) qui en est mort !

JUSTIN **.

Ça mais, madame Agnès, vous venez de porter de la tisane au père Pacifique... (Se reprenant.) à M. Baudimont, j'veux dire... Eh bien ! comment qu'y va ?

AGNÈS ***.

Mieux !... il va mieux... Mais il lui faut encore ben des ménagements... Il a tant souffert quand il était comme qui dirait... aliéné !

JÉRÔME.

Et ça a bien manqué de l'emporter, sa fièvre célébrale... Voilà ce que c'est que de boire une dizaine de bouteilles en trop... quand on n'a pas appris !

AGNÈS.

Le soir d'mes noces, avant que j'entre au château comme femme de confiance...

JÉRÔME.

C'est-à-dire le soir du crime d'Hervin... qui était son ami, à M. Pacifique !... C'est ça qui lui aura porté un coup à ce brave ménétrier !... Heureusement que la tête commence à lui revenir.

AGNÈS.

Un peu, par bonheur ! Mais on lui a caché le jugement et surtout l'exécution qui a lieu aujourd'hui... (A elle-même.) Car enfin elle pourrait bien encore avoir lieu malgré...

JUSTIN, curieusement.

Malgré quoi?...

* Justin, Agnès, Jérôme.
** Agnès, Justin, Jérôme.
*** Justin, Agnès, Jérôme.

AGNÈS.

Rien !

JÉRÔME.

Est-ce que, dans sa prison, le meunier n'avait pas demandé à voir le père Baudimont ?

AGNÈS.

Oui, mais ça non plus, on ne lui a point redit !... il aurait voulu y aller, et on ne pouvait pas le laisser sortir de ce château où madame Dubucquoy a voulu que la maladie soye traitée et guérie.

JUSTIN.

C'est qu'elle est bonne, madame.

AGNÈS, voyant entrer Thérèse.

Allez-vous-en, mes enfants! voilà mademoiselle!

JÉRÔME.

Allons-nous-en !

JUSTIN, tout bas, en sortant.

« La belle Bourbonnaise. »

(Sortie de Jérôme et de Justin par le fond.)

SCÈNE II

AGNÈS, THÉRÈSE.

THÉRÈSE.

Tu es là, Agnès... Eh bien! Daniel n'est pas de retour ?

AGNÈS.

Non, mamzelle... Si vous saviez comme ça m'paraît long, c' t'attente-là !... cette nuit, t' nez, en m' disant qu' c'était p't' êt' la dernière nuit du malheureux Hervin; j'aurais voulu, que j'aurais pas pu dormir une minute...

THÉRÈSE.

C'est vrai! c'est encore toi qui a passé cette nuit; quelle bonne fille tu es, chère petite Alouette!

AGNÈS.

Oh! oh! une alouette qui n'chante plus d' puis ces mauvais événements... Mais pourquoi dites-vous que je suis bonne, donc, mamz'elle ?... On est bonne comme on a les yeux noirs ou bleus; il n'y a pas de mérite à ça! tout le monde est bon! Vos parents ne le sont-ils pas ?... M. Daniel n'est-il pas bon d'avoir défendu, et si bien! ce pauvre meunier; et puis, n'ayant pu le sauver, d'être parti sans rien dire, pour aller demander sa grâce !... Et vous donc, mamzelle qu'avez secouru et consolé la pauvre Marie Hervin, que tout le pays repousse et abandonne!... Ah! tenez, c'est vous qui êtes bonne!

THÉRÈSE.

Eh bien! quoi?... j'ai les yeux noirs et tu as les yeux bleus, et il n'y a pas de mérite à ça... Parlons d'autre chose...

AGNÈS.

Alors, nous allons parler de M. Valentin, car il n'y a guères qu'en causant de lui que vous ne dites jamais : « Parlons d'autre chose! » Et ben! mamzelle, M. Valentin est là, tout près, chez son père!... (Elle montre la droite.) Comme j'en sortais, il y entrait par l'autre porte... mais voyons, m'amzelle, il s'agirait donc pour lors d' votre mariage?

THÉRÈSE.

Oui!... c'est-à-dire, Agnès... Mon père ne s'y oppose pas trop, et ma mère ne sait rien me refuser, mais ils ne céderont que par tendresse pour moi, car ils rêvaient pour leur fille quelque parti bien autrement brillant!

AGNÈS.

Bah! bah!... la grande affaire, c'est de bien s'aimer et de bien s'estimer... « S'aimer, disait un jour le père Pacifique à des amoureux, c'est du plaisir pour tout l'été, mais s'estimer, c'est du bonheur pour tout l'hiver!... » — Et ces empêchements-là, ça vous fait aimer M. Valentin davantage?

THÉRÈSE.

Il me semble que oui.

AGNÈS.

Pardié! Et v'là c' qu'ils y gagnent, les parents... c'est bien la peine d'être si riches pour être si futés!

<h1 align="center">SCÈNE III</h1>

Les Mêmes, VALENTIN, sortant de la droite *.

VALENTIN.

Bonjour, mademoiselle!

THÉRÈSE.

Bonjour, M. Valentin!...

AGNÈS **, allant s'asseoir un peu à l'écart et reprenant un travail de couture commencé, à part.

Ça m'amuse de les entendre mêler l'amour à leurs

<hr>

* Thérèse, Agnès, Valentin.
** Agnès, Thérèse, Valentin.

leçons... On dit que les femmes sont curieuses!... c'est bien
vrai!...

VALENTIN.

Vous savez, mademoiselle, quel affreux événement occupe
la commune?... Pas plus que personne, je ne puis me dé-
fendre d'en être péniblement affecté!... Je vous démontre-
rais mal ce que j'ai à vous apprendre : Si vous le permettez,
nous n'aurons pas de leçons aujourd'hui ?...

THÉRÈSE.

J'écouterais mal moi-même, M. Valentin. Mais... n'allez-
vous pas attendre un peu, cependant, afin de saluer...

VALENTIN.

De saluer vos parents? Oh! certes! c'est mon devoir et
mon plaisir... quoique....

THÉRÈSE.

Quoiqu'ils ne se montrent pas toujours avec vous aussi
affectueux que... je le voudrais moi-même, n'est-ce pas ?

VALENTIN.

Oh ! Thérèse, j'en ai parfois cruellement souffert!... Je
suis toujours revenu cependant !

THÉRÈSE.

Oui!... (A demi-voix et se tournant vers Agnès.) Comme il
m'aime!

VALENTIN.

Et cela vous prouve, Thérèse, à quel point je vous appar-
tiens!... Dans ces leçons que je vous donne, mon esprit
devait parler au vôtre, mais mon cœur s'est substitué à mon
esprit, et mon cœur n'a pu vous apprendre beaucoup la
science, il voudrait tant vous apprendre le bonheur!

AGNÈS, à part.

Fifrelin ne parle point si bien que ça!

VALENTIN.

Mais, Thérèse... nous nous voyons bien peu!

THÉRÈSE.

Tous les jours!

VALENTIN.

Oui ; mais jamais seuls, et vous ne savez pas, chère
innocente enfant, quelle douceur il y a à se trouver seuls,
au milieu du monde, seuls... avec son amour!...

THÉRÈSE, un peu troublée.

Monsieur Valentin! (Valentin a baissé peu à peu la voix, en se
rapprochant de Thérèse; de son côté, Agnès, entendant moins bien, a peu
à peu rapproché sa chaise sans être aperçue.)

VALENTIN, toujours plus tendre.

Que de choses souvent j'aurais à vous dire, ma belle et bien-aimée Thérèse, que je ne puis vous dire ici!... C'est par elles, pourtant, que vous pourriez connaître l'âme qui s'est livrée tout entière à la vôtre...

AGNÈS, s'approchant encore.

Ah! mais!... ah! mais !... Où donc que nous allons?...

VALENTIN, plus pressant.

Souvent, le soir, par les jardins du château, vous allez entendre l'Angelus à la petite église de Saint-Waast... à cette heure-là, il n'y a presque jamais personne... Si vous me permettiez d'aller vous attendre... dans l'allée...

THÉRÈSE, tremblante.

Mais...

AGNÈS *, haut en se levant.

Minute!... monsieur Valentin?... c'est pas au séminaire qu'on a dû vous apprendre ces malices-là !...

VALENTIN.

En vérité, petite Alouette...

AGNÈS.

C'est bon ! c'est bon !... il y a des choses que les alouettes apprennent tout en chantant dans les blés, et que les demoiselles Thérèse n'ont pas besoin de savoir!... (Voyant s'ouvrir la porte de droite.) T'nez, v'là M. et madame Dubucquoy, demandez-leur donc permission pour aller à l'Angelus avec leur fille!...

SCÈNE IV

LES MÊMES, M. et MADAME DUBUCQUOY **.

AGNÈS, bas à Thérèse tandis que Valentin va saluer M. et madame Dubucquoy.

Mamzelle!... mamzelle !... le fils n' vaut pas l' père... méfiez-vous !...

THÉRÈSE.

Folle!... va! (Agnès va écouter à la porte de droite ; puis, comme si elle entendait quelque bruit, elle l'ouvre et disparait.)

DUBUCQUOY, en entrant et suivi de madame Dubucquoy.

Ah! vous êtes là, M. Valentin! Ne vous dérangez pas, faites comme moi, asseyez-vous !... asseyez-vous, je le veux! et j'ai une volonté, moi, vous le savez! (Il s'est assis le premier, tous s'asseyent.)

* Valentin, Agnès, Thérèse.
** Valentin, Dubucquoy, madame Dubucquoy, Thérèse.

VALENTIN, saluant avant de s'asseoir.

Madame! monsieur Dubucquoy.

DUBUCQUOY.

Ça mais! Qu'est-ce qu'on m'avait donc dit? Les juges qui
ont condamné Hervin ont eux-mêmes signé un recours en
grâce pour lui!

VALENTIN.

C'est la vérité, monsieur !

MADAME DUBUCQUOY.

Mais puisque l'exécution est annoncée pour aujourd'hui,
hélas! le roi a donc refusé?...

THÉRÈSE.

Malheureux Hervin! Pauvre Marie!

DUBUCQUOY.

Il était bien plus simple et bien plus court d'acquitter ce
misérable meunier!

VALENTIN.

On n'a pu le faire monsieur ! puisqu'il avouait son crime.
Triste, taciturne, ne frayant avec personne, ce malheureux
n'était pas aimé, et... bien qu'on aimât encore moins
Léonard, on aurait vu avec fureur l'acquittement de celui
qui l'a frappé et qui s'en accusait lui-même... Après la sen-
tence, les juges ne doutant plus, mais émus de pitié, ont eux-
mêmes demandé grâce à Sa Majesté Louis XVI.

THÉRÈSE.

Et de son côté, Daniel, qui avait tout fait pour sauver
Hervin, est allé se jeter aux pieds du roi.

MADAME DUBUCQUOY.

Il y a tout lieu de craindre maintenant qu'il n'ait pas été
plus heureux que les juges puisque... (Elle jette un regard vers
la fenêtre, puis s'adressant à sa fille.) Thérèse, l'heure se passe :
tu m'as dit ne pas vouloir rester au château où nous serions
exposés à voir... ce qu'il serait trop affreux de voir! Nous
allons nous rendre à l'église. N'est-ce pas, monsieur Dubucquoy?

DUBUCQUOY.

Non, madame. Vous resterez dans votre appartement...
s'il me plaît que vous restiez dans votre appartement.

MADAME DUBUCQUOY.

Monsieur, vous êtes le maître! (Bas à Thérèse, sans affectation.)
Apprête-toi !

THÉRÈSE.

Oui, maman! (Elle entre à gauche.)

DUBUCQUOY.

C'est qu'on ne me mène pas, moi! Il n'y a ici qu'une volonté : La mienne!... Et quand j'ai dit: Je ne veux pas!... je ne veux pas... A moins que je ne réfléchisse. (A Valentin.) Que ceci vous serve de leçon, jeune homme, si jamais vous vous mariez...

VALENTIN, regardant madame Dubucquoy.

Oh! moi, monsieur... je n'aurais pas d'autres volontés que celles de ma femme.

MADAME DUBUCQUOY.

Vous auriez tort, monsieur Valentin, un mari doit commander.

DUBUCQUOY.

Mais où donc est Thérèse?... Vous l'emmènerez avec vous, madame, car c'est à l'église que je veux que vous alliez... J'ai réfléchi... (A Valentin.) Comprenez-vous, garçons?... je dis d'abord : « Je veux! » puis, après réfléxion, j'ai le droit de dire : « Je ne veux pas! » Ou bien, si j'ai dit d'abord : « Je ne veux pas! » je dis ensuite : « Je veux. » J'affirme ainsi ma volonté, une fois, deux fois, dix fois!... (Valentin s'incline.) Ah ça!... qu'est-ce que vous êtes venu faire ici, vous, aujourd'hui?...

VALENTIN.

Quand vous êtes entré, monsieur, j'avais l'honneur de prévenir mademoiselle Dubucquoy que je ne pourrais lui donner de leçon ce matin.

DUBUCQUOY.

Allons donc!... Vous lui faisiez votre cour. (A Thérèse qui rentre et qui a entendu*.) N'est-ce pas, mademoiselle ma fille?...

THÉRÈSE.

Mon père!

DUBUCQUOY, continuant.

Puisqu'on t'a permis de l'écouter, ce garçon! puisque c'est ton idée qu'on peut épouser son professeur!

VALENTIN, à part.

Quel supplice!

MADAME DUBUCQUOY.

Une idée bizarre! Pouvoir s'allier à quelque grande maison et s'en aller choisir... le fils d'un paysan!...

DUBUCQUOY.

D'un ménétrier!... le fait est, jeune homme, que, cultivateur dans la semaine et joueur de violon le dimanche...

---

* Valentin, Dubucquoy, madame Dubucquoy, Thérèse.

MADAME DUBUCQUOY.

Ce ne sont pas de fameux parchemins !...

THÉRÈSE, à part.

Quoi!... il ne dit rien pour faire rendre justice à son père...

VALENTIN.

Monsieur Dubucquoy, madame... ; voulez-vous donc m'ôter l'espoir?...

MADAME DUBUCQUOY.

Monsieur, je désire ce que ma fille désire ; mais... (Appuyant.) je ne veux que ce que veut mon mari!...

DUBUCQUOY.

Et moi, je veux ce que je veux! Je suis riche et on ne me mène pas, moi ; quand ces dames m'ont parlé de ce mariage j'ai répondu : non!... Des gens de notre fortune qui sont devenus seigneurs du pays, et auxquels il ne manque plus qu'un titre et une grande considération pour être appelés à Versailles, ne peuvent se risquer dans de pareilles alliances !.....Puis... j'ai réfléchi. Je me suis rappelé combien j'aimais ma fille et j'ai dit que ce mariage se ferait... (Avec force.) Il se fera ! (Après un court silence et avec plus de force encore.) Peut-être !

MADAME DUBUCQUOY, allant à Valentin *.

Ce mariage se fera peut-être, monsieur Valentin. M. Dubucquoy l'a dit. Mais moi, tout en rendant justice à votre mérite, je ne puis vous cacher les combats que se livrent en moi mon affection pour Thérèse et les exigences de notre position... Vous n'écoutez que votre amour, vous, et... votre ambition peut-être. (Gestes de Thérèse et de Valentin, elle ne s'y arrête pas.) Moi, j'écoute la prudence, la raison, l'opinion du monde. Arrangez-vous donc, monsieur Valentin, pour concilier nos devoirs avec notre bonté, car si vous ou votre père vous deviez un jour faire trop souffrir notre juste orgueil, nous serions forcés de vous ôter toute espérance !...

DUBUCQUOY, lui baisant la main.

Vous parlez comme un ange : vous dites ce que j'allais dire!

VALENTIN, domptant son mécontentement.

Rassurez-vous, madame!

MADAME DUBUCQUOY.

Je ne demande qu'à être rassurée. (A Dubucquoy.) Nous partons, monsieur. Vous nous accompagnez, n'est-ce pas?

* Valentin, madame Dubucquoy, Dubucquoy, Thérèse.

DUBUCQUOY.

Non, madame, allez sans moi !...

MADAME DUBUCQUOY, bas à Thérèse.

Donne-lui sa canne et son chapeau !... (Agnès a reparu, c'est
elle qui va les chercher.)

DUBUCQUOY.

Mais je réfléchis que je ne saurais priver le curé des géné-
rosités qu'en bon seigneur je fais pleuvoir partout où je
mets le pied... Attendez-moi donc : Je veux aller avec vous...
Je le veux... Ma canne ? mon chapeau ?... (Agnès les lui offre, il
semble radieux d'être ainsi servi *.)

VALENTIN.

Madame Dubucquoy me permet-elle de l'accompagner
jusqu'à l'église ?

MADAME DUBUCQUOY, à qui Thérèse vient de parler bas.

Volontiers, monsieur !...

DUBUCQUOY.

C'est ça !... pour dire des sottises à Thérèse chemin
faisant !...

VALENTIN.

Ah !... monsieur !... je vous laisserai la parole. (A part, en
sortant.) Ah ! quand je serai marié !...

THÉRÈSE.

Agnès ! nous te recommandons notre convalescent. Pré-
viens-moi tout de suite, au retour de mon frère.

AGNÈS.

Soyez tranquille, mamzelle. (Bas en la retenant.) Le fils ne
vaut pas le père, méfiez-vous !

SCÈNE V

AGNÈS, puis FIFRELIN, puis AVERLON.

AGNÈS.

Pauvre mamzelle !... Ce n'est pas qu'elle en soit folle à
lier, de son précepteur !... mais il lui fait croire qu'il est
malheureux... ben fort, et elle qu'est bonne comme du pain
blanc !... et avec ça... l'âg' l'aimer !... (Regardant à la fenêtre
qu'elle ouvre.) Les v'là qu' sortent... M. Dubucquoy n' mar-
chande point les coups d' chapeau ! mais... queu d' monde

* Valentin, Dubucquoy, madame Dubucquoy, Thérèse, Agnès.

dehors !... (Avec colère.) y en aurait pas tant pour voir bailler une récompense !... (Fifrelin entre par le fond, l'air éreinté et ahuri et s'en vient tomber sur une chaise *.)

FIFRELIN.

Ouf !.. m'y v'la !... et c'est point ici qu'on me dénichera !... Pas l' temps d' manger, ni d' dormir, ni d'aimer ma femme ! Qué nom d'un nom ! et pour appoint à ma chance, faudrait que moi, étant la force-armée, j'assiste à l'exécution d'un malheureux à qui j'ai donné la main plus de quat' cents fois !... non ! J'ai mieux aimé venir me cacher auprès de ma femme ! O ma femme ! Agnès !... Agnès !

AGNÈS, se retournant.

Qui donc qui m'appelle ?...

FIFRELIN, se levant.

L'amour !...

AGNÈS.

Est-il bête !... Qué q'vous venez faire ?...

FIFRELIN.

Je viens vous voir, Alouette, et vous aimer... et savoir si vous prétendez mettre comme ça toujours sous vos pieds vos devoirs conjugaux, moitié d' madame Fifrelin qu' vous êtes !

AGNÈS.

Pouvez-vous parler de ça, aujourd'hui ! dans un pareil moment !

FIFRELIN.

Mais pourquoi donc que vous ne voulez jamais être madame Fifrelin tout à fait ? Pourquoi, qué nom d'un nom ? pourquoi ?

AGNÈS.

Je ne sais pas... J'ai peur.

FIFRELIN.

Peur, Agnès ! peur !... (Tandis que Fifrelin qui poursuit et atteint Agnès, la retient à l'écart et qu'ils se disputent à voix basse, on voit entrer, par le fond, le bailli tout aussi éreinté et ahuri que Fifrelin tout à l'heure, et qui vient, comme lui, se laisser tomber sur une chaise **.)

AVERLON.

Ouf !... Ici me voilà tranquille pour un moment ! Ah ! je sais remplir mes devoirs !... mais cet assassinat a assassiné mon repos, ma santé, mon appétit !... Dire que

* Agnès, Fifrelin.
** Agnès, Fifrelin, Averlon.

nous voilà au jour fatal !... et que si ce bon Daniel, parti pour Versailles, ne rapporte pas la grâce d'Hervin, il faut que l'exécution ait lieu !... Et si le brave jeune homme allait revenir trop tard !... (Apercevant le garde champêtre.) Comment, Fifrelin ici !...et tes fonctions, malheureux !...

FIFRELIN.

Comment, not' bailli !... c'est vous !... mais... on vous attend !...

AVERLON.

Ah !... c'est que... c'est que... je suis venu te chercher, mon garçon.

FIFRELIN.

Et pourquoi faire, mon Dieu ! pour voir mourir un homme... innocent, peut-être !

AVERLON, gravement.

Tais-toi, malheureux. tais-toi ! quand Hervin criait : j'ai frappé, j'ai donné la mort! j'ai mérité de mourir ! Que pouvait faire la justice, que devait-elle faire ?

AGNÈS, montrant Marie qui paraît au fond.

Silence !...

SCÉNE VI

LES MÊMES, MARIE [*], elle est vêtue de couleurs sombres, elle est pâle, abattue, et l'on voit que ses yeux sont creusés et rougis par les larmes.

AVERLON.

Marie !..(A part.) Elle ne devait pas sortir aujourd'hui... Qu'aura-t-elle appris ?... (Il va la recevoir.)

FIFRELIN, l'imitant.

Mademoiselle Marie !

MARIE.

Vous ne me repoussez pas, vous ! (A part.) O monsieur Daniel! comme vous tardez, mon Dieu ! (Averlon, Agnès et Fifrelin entourent Marie et la font asseoir.) Vous êtes bons, vous !... Vous ne me traitez pas de maudite?... Vous ne m'appelez pas fille d'assass...

AGNÈS, lui mettant la main sur la bouche [**].

Chut !... Est-ce qu'il faut écouter les méchants !

[*] Agnès, Fifrelin, Marie, Averlon.
[**] Fifrelin, Agnès, Marie, Averlon.

MARIE.

Il y a donc bien des méchants, Agnès, qu'on m'a tant crié ces mots-là !

AVERLON.

Allons ! allons ! remettez-vous, mon enfant!

MARIE.

« Mon enfant!... » Il n'y a plus que vous qui me parliez comme ça, et il n'y a plus qu'ici !... Mademoiselle Thérèse n'y est pas?... non?... Ça m'aurait cependant fait du bien de la voir!...

FIFRELIN.

Nous vous consolerons à sa place !

AVERLON, à part.

Oh!... elle ignore toujours que c'est pour aujourd'hui !... (Haut.) Marie, il faut prendre quelque chose... Agnès, donne-lui...

MARIE.

Non, non, merci!... Je ne pourrrai pas... j'ai le cœur serré, voyez-vous!... il me semble que je ne respirerai plus jamais!... Je vais devant moi sans savoir où, puisqu'on ne veut pas me laisser toujours près de mon père !... je vais... comme un corps sans âme... elle est avec lui, mon âme... en prison!

AGNÈS.

Courage, ma fille!... et espoir en Dieu !

MARIE.

Ah Dieu!... je l'ai bien prié, allez!... Ah oui ! bien prié!... mais c'est à croire qu'il est sourd !

AVERLON.

Mais, Marie, comment êtes-vous venue ici ?... par quels chemins avez-vous passée?...

MARIE.

J'ai pris le long sentier entre les houblons, pour arriver par les jardins du château et rencontrer moins de gens... Mais j'en ai vu beaucoup tout de même!... On m'a encore poursuivie, et on m'a appelée... effrontée... je crois! Et il y a une femme qui a dit : « Comment ose-t-elle être dehors aujourd'hui?... Est-ce qu'elle ne sait pas... » Mais Jean Brûlé s'est avancé, vous savez... ce n'est pas un mauvais homme!... et il m'a dit : « Il ne faut pas vous montrer aujourd'hui, Marie Hervin... c'est le jour du marché à Saint-Waast, et dans tant de gens, il y en a qui pourraient vous faire de la peine!... » Je l'ai remercié, j'ai pris le petit chemin qui...

FIFRELIN, jettant un coup d'œil du côté de la fenêtre.

Mais il ne faut pas rester dans cette salle, mademoiselle Marie!... M. Dubucquoy ne serait pas content.

MARIE, préoccupée.

Oh! pourquoi?... Il n'est pas si méchant, et... (Avec une vague inquiétude.) On a donc changé les jours de marché ?

AVERLON.

Oui... oui !... je... j'ai changé les jours!...

MARIE, de même.

Et il y a plus de monde qu'à l'ordinaire?... (Elle fait un pas vers la fenêtre, Agnès la devance et se met devant elle.)

AGNÈS.

Il y a beaucoup de monde, oui !... et de vilaines gens, ma foi!... (A part.) Elle me déchire le cœur!...

MARIE.

Ah !... monsieur Averlon !... vous... vous n'avez pas encore reçu d'ordre, n'est-ce pas?... pour... pour... (Se forçant.) pour l'exécution?

AVERLON, vivement.

Non ! non ! Oh !... je n'en recevrai pas de sitôt !... Il se passe souvent des semaines... des mois... avant qu'on envoie l'ordre... parce que.. il faut laisser le temps à la clémence... afin que... si une grâce...

MARIE.

Et M. Daniel?... On n'en a pas de nouvelles, dites?... C'est cela que je suis venue savoir ici... il n'est donc pas de retour ?...

AVERLON.

Non ! pas encore !... mais il ne peut guère tarder...

MARIE.

Et vous avez espoir, n'est-ce pas, mes amis?

AVERLON, AGNÈS, FIFRELIN.

Mais oui !... beaucoup! certainement!

MARIE, avec un sentiment profond.

Ah! M. Daniel, quel cœur!... comme il a défendu mon père!... les juges l'ont pourtant déclaré coupable!... coupable !... mon bon et cher père !... coupable de meurtre, lui!... ah !... il s'est bien accusé lui-même, mais... Comment donc se fait-il que je ne l'aie jamais tant aimé, moi ?... (Bruit au dehors. — Clameurs.) Qu'est-ce que c'est?... qu'est-ce qu'il y a?... (Elle va pour s'avancer vers la fenêtre, Agnès la retient doucement.)

FIFRELIN, à la fenêtre, regardant.

Rien !... une dispute !... (A part.) Les cavaliers de la

sénéchaussée !... (Haut.) C'est deux hommes qui se battent !... (Fermant la fenêtre.) Ah !... ils sont trop bêtes !...

AGNÈS, elle embrasse vivement Marie en disant à part.

C'est donc bientôt l'heure ?...

MARIE, brusquement.

Pourquoi donc m'embrasses-tu si fort, toi ?

AGNÈS.

Mais... parce que je vous aime, Marie, et de tout mon cœur ! (Daniel paraît à la porte du fond.)

SCÈNE VII

LES MÊMES, DANIEL *.

DANIEL, s'arrêtant sur le seuil.

Marie !...

AVERLON, l'apercevant.

Mon ami !...

MARIE, AGNÈS, FIFRELIN, courant à lui.

Monsieur Daniel !

MARIE, avec anxiété, et s'emparant de sa main.

Eh bien ?...

DANIEL, gaiement.

Eh bien ! mais... à ma joie, vous voyez bien que j'ai tout espoir !...

MARIE, l'embrassant avec élan.

Ah ! je vous aime !

DANIEL, comme honteux.

Marie !...

FIFRELIN, à Agnès.

Quel bonheur !

AGNÈS, chantant.

AIR *de la fête d'Arras.*

Ah ! quelle belle fête nous allons voir !... »

AVERLON, bas à Daniel.

De l'espoir... seulement ?... mais on ne peut plus différer, et... (Avec un coup d'œil à la fenêtre.) D'ici l'on peut voir.

MARIE, inquiète.

Que dites-vous là, tous deux !...

* Fifrelin, Agnès, Marie, Daniel, Averlon,

DANIEL, toujours gaiement.

Je disais à monsieur le bailli que... je n'ai pas encore la lettre de grâce, revêtue du sceau royal!...

MARIE et AGNÈS.

Mon Dieu !

DANIEL, continuant.

Mais qu'elle doit m'être apportée dans un instant par un exprès qui me suit !... Et savez-vous en quel lieu ?... Oh ! c'est bizarre, ou plutôt c'est touchant... dans l'église du village !

MARIE.

Dans l'église !...

DANIEL.

Voulez-vous y venir avec moi ?

AGNÈS.

Je vous accompagne... Vous y retrouverez vos parents, M. Daniel, et aussi votre sœur !...

DANIEL.

Ma sœur !... oh ! tant mieux !... Allons vite !...

MARIE, prenant la main de Daniel.

Courons !

FIFRELIN.

J'y vais aussi, moi !

DANIEL.

Non, toi, Fifrelin !... (Il dégage sa main de celle de Marie, tire un calepin et parle en écrivant.) je te charge d'une commission... que j'oubliais... je devrais la faire moi-même, mais ce billet, que tu remettras à son adresse, me remplacera !... (Pliant le papier en forme de billet et écrivant un nom pour adresse.) Tiens !... (A Marie.) Et nous, vite à l'église par les jardins du château !

MARIE, s'arrêtant, et avec sentiment.

Ah! M. Daniel! pour ce que vous venez de faire... le bon Dieu vous aimera !

DANIEL.

Je l'espère... il voit en nous ! (Ils sortent.)

SCÈNE VIII

AVERLON, FIFRELIN.

FIFRELIN, sautant de joie.

Victoire! victoire ! je m'en vas crier la chose à tout ce

monde qui attend là. (Il court à la fenêtre et la rouvre, puis s'arrêtant.) Où m'envoie-t-il donc, M. Daniel ?... (Regardant le papier.) Mais on dirait que c'est pour vous, monsieur le bailli !... Il y a votre nom là-dessus...

AVERLON.

Pour moi !... donne !... (Lisant l'adresse.) Oui... (Lisant.) « J'ai menti. Mes efforts ont été inutiles, Le condamné doit mourir, il ne reste plus qu'à obéir à la loi... » (S'arrêtant.) Ah !

FIFRELIN.

Bonté du ciel!... mais c'était une cruauté, là, que de venir dire à cette malheureuse Marie...

AVERLON, reprenant d'une voix tremblante.

« Il fallait arracher d'ici la pauvre enfant : je n'ai trouvé d'autre moyen que de l'attirer, à l'église, où tous nous la soutiendrons... vous, faites votre devoir!... » (Parlé.) Ah! mon Dieu! mon Dieu ! (Il laisse tomber le papier sur le guéridon.)

FIFRELIN.

Il avait l'air si gai !... Il est joliment maître de lui, M. Daniel!... Pauvre Hervin !

AVERLON.

Pauvre orpheline!... Mais... voici l'heure et... tout est dit maintenant... Viens, mon ami !

FIFRELIN, d'un ton désolé.

Oui, monsieur le bailli !

AVERLON.

Il faut faire notre devoir. (Il sort.)

FIFRELIN, le suivant.

Oui, monsieur le bailli !

SCÈNE IX

PACIFIQUE, puis AVERLON.

Au moment où Averlon et Fifrelin sortent par le fond, on voit Pacifique apparaître à la porte de la chambre de droite, il s'avance lentement, pas à pas, et dit enfin :

PACIFIQUE.

Allons ! Dieu soit loué !... me voilà debout !... essayons un peu mes forces !... Eh ! mais!... elles reviennent... (Il fait encore quelques pas et s'arrête en s'appuyant à un fauteuil, près du guéridon.) Ah !... les jambes sont encore bien faibles... elles ne me porteraient pas loin... La tête aussi est encore faible !.. mais patience !... (Il s'assied dans le fauteuil.) Braves gens, que ceux qui m'ont recueilli ici !... Braves gens !... Oh ! je saurai bien leur prouver ma gratitude !

(Se tournant vers la fenêtre, et respirant largement.) Ah ! que c'est bon de respirer encore l'air du pays, la fraîcheur qui monte de la petite rivière... l'odeur des arbres qu'on a vu grandir... Et que c'est beau toujours, le pays !... Là-bas, sur le côteau, de l'autre côté de Saint-Waast, où sont les châtaigniers, c'est là que je suis venu au monde... Un jour, je suis descendu au village... et je n'ai jamais été plus loin ! J'ai toujours vécu là, aimé là ! travaillé là, honnête et respecté !... Honnête et respecté, je finirai là !... (Répétant avec une expression un peu inquiète.) Respecté !... (Un silence pendant lequel il tient son front dans sa main.) Honnête !... honnête !... Eh ! oui, honnête !... mais... voyons donc !... voyons un peu !... Longtemps j'ai eu mes idées bouleversées par cette fièvre au cerveau. Je n'avais plus de mémoire. Tout se confondait dans mon esprit. Aujourd'hui que me voilà guéri et que j'essaye mes forces, essayons donc un peu ma vieille raison aussi !... Tâchons de nous rendre compte de ce qui s'est passé depuis... le jour... depuis que... le bailli et Valentin... le bailli !... — Allons, allons, Pierre... du sang-froid, de la volonté !... je n'ai plus de fièvre... Rappelons-nous... voyons-y clair !... J'ai ma raison, que diable !... j'ai toujours eu ma raison, moi !... (Après un silence.) Non, non !... la maladie me l'avait ôtée... et... une fois encore auparavant... (j'en rougis) je l'ai perdue, je... je... j'ai bu, j'ai bu encore, je me suis enivré !... (Pause.) Mais pourquoi donc m'être enivré !... Pourquoi ?... pourquoi ?... (Il serre sa tête dans ses deux mains, ses traits se contractent, puis il laisse échapper un cri sourd.) Ah !... (Se levant.) La fièvre me brûle-t-elle encore ?... plus horrible que jamais !... Je viens de voir (comme dans un rêve affreux), je viens de voir passer mon fils, et c'était un misérable, un faussaire !... et moi... moi... j'étais ivre !... Léonard !... Léonard se trouvait là !... devant moi; je le priais, il me disait : « Non ! » je le suppliais !... « Non ! » encore ! J'étais à ses pieds !... « Non ! » toujours !... dix fois Non ! (Avec un accent féroce.) La folie est venue avec la rage ! sous ma main... il y avait un couteau... Le sang me bouillonnait dans les yeux, l'infâme n'a pas voulu se taire, j'ai levé le couteau et je... (Criant.) Non, non ! Ce n'est pas vrai, je n'ai pas fait cela... j'ai le délire ! ma fièvre est revenue... mon sang bout !.. mon cerveau va se fendre !... (Il tombe assis près du guéridon, les coudes sur la table, et son front dans ses mains qui le compriment. Bientôt ses yeux se fixent sur le billet de Daniel que le bailli a laissé-là.) Qu'est-ce cela ? quel mot y a-t-il là ? (Lisant.) « Le condamné doit mourir... il ne reste plus... qu'à obéir à la loi. — Mais je ne suis pas dans le délire ?... il y a un condamné qui doit mourir !... il y a donc eu un meurtre... Quel meurtre ?... celui de Léonard !... et qui l'a commis ?... moi !... moi ?... Pierre Baudimont ?... (Regardant ses mains.) Ces

mains-là auraient?... Non! non ! je n'ai pas fait cela !...
(Après un moment de silence, regardant le papier dans sa main crispée.) La
loi !... Eh bien !... j'irai m'offrir à la loi... je mourrai... oui...
oui!... il le faut !... Je l'ai mérité !... ah !... de l'air !... je
suffoque !... de l'air !... j'étouffe !...

AVERLON * reparaît au fond, l'air bouleversé, il referme vivement la porte,
et s'appuie ensuite dessus comme un homme poursuivi.

Non, certes, non !... je ne verrai pas de mes yeux cet
horrible supplice!... Ici... je ne serai pas vu et je ne verrai
rien !... (Il se blottit dans l'angle, à gauche du public, de la partie
profonde de la salle à manger ; pendant son monologue, Pacifique a gagné
la fenêtre en chancelant.)

PACIFIQUE.

Ah ! tout ce monde !... Pourquoi donc tout ce monde ?...
et ces soldats, que font-ils là ?... autour de cet espace vide...
où se dresse... quoi donc !... (Avec un grand cri.) Un gibet!
(A ce cri, le bailli s'est avancé. Pacifique court à lui.) Qui donc ?... qui
va donc mourir là-bas ?...

AVERLON, le reconnaissant.

Comment ! debout ! Pacifique !

PACIFIQUE, haletant.

Mais qui donc va mourir ?

AVERLON.

Hervin !

PACIFIQUE.

Herv... (La voix lui manque.)

AVERLON, reprenant.

Il a tué Léonard ! Toutes les preuves y étaient !... Il a
rendu inutiles les bonnes dispositions de ses juges !... Le
peuple grondait et menaçait... Il y avait eu une victime...
Hervin est un grand coupable ! (Avec douleur.) Mais si vous saviez, Pacifique, quelle figure il avait quand on lui a lu sa sen-
tence, et de quelle voix il a dit : « Ah ! ma petite Marie ! »

PACIFIQUE, d'une voix étranglée.

Non ! non ! non !... (Il se frappe la poitrine.) Arrêtez! c'est
moi !... c'est moi qui !... (Il ne peut en dire plus, il fait des gestes de
désespoir en voyant qu'il n'est pas compris ; il veut entraîner Averlon vers la
fenêtre en agitant les bras comme s'il pouvait être vu du dehors, mais les
forces le trahissent, et Averlon est obligé de l'asseoir dans un fauteuil et de lui
donner des soins.)

AVERLON.

Pauvre ami, ça vous afflige, n'est-ce pas !... Vous l'avez

____

* Averlon, Pacifique.

aimé, ce malheureux?... (Pacifique fait encore des gestes de dénégation. Il montre toujours la fenêtre ; il voudrait se lever, il voudrait courir, mais il est à bout de forces... en ce moment, entre précipitamment le père Mathias.)

SCÈNE X

LES MÊMES, LE PÈRE MATHIAS.

MATHIAS.

Monsieur le bailli, M. le lieutenant de la sénéchaussée vous envoie quérir ; il vous veut tout de suite, qu'il dit !

AVERLON.

Mais je ne peux pas quitter Baudimont... voyez-le.

PACIFIQUE, reprenant d'une voix épuisée.

Je vous dis... que... c'est moi... je veux aller... (Mais il parle si bas qu'on voit seulement remuer ses lèvres, et qu'on ne distingue pas ce qu'il dit.) *

MATHIAS.

Ah ! un grand malheur !... père Pacifique !... mais quoi ?... tant qu'il nous restera des hommes comme vous !... Allons, venez, monsieur le bailli ! (Montrant Pacifique.) Nous allons lui envoyer un médecin !... Venez ! venez !... c'est l'ordre de M. le lieutenant !... (Il l'entraîne, malgré les gestes suppliants de Pacifique pour les retenir.)

SCÈNE XI

PACIFIQUE, seul.

(Quand ils ont disparu, Pacifique, avec de grands efforts, d'abord en s'accrochant aux meubles, puis en se traînant sur les genoux, sur les mains, est arrivé jusqu'à la fenêtre. — Là, avec mille peines, il se redresse et regarde, mais il semble ne pas voir ; il passe les mains sur ses yeux comme si un nuage les voilait, puis il regarde encore. — Pendant cette pantomime, on a entendu une longue rumeur sourde, coupée parfois par un choc d'armes, ou par des chuts ! répétés. — Tout à coup, il se fait un silence effrayant ; l'expression de terreur qu'on lit alors sur le visage de Pacifique traduit ce qu'il voit au dehors, ce qui fait claquer ses dents et le fait pâlir et frissonner. — Enfin, tombant écrasé, anéanti, il retrouve la voix pour dire d'un ton grave :)

Il est mort !!!... (Tout à coup, dans le silence, on entend crier au loin, puis plus près.) Grâce ! la grâce ! la grâce du roi ! (Répétant tout bas et sans conscience de ce qu'il dit :) La grâce du roi !

* Averlon, Pacifique, Mathias.

LES VOIX, du dehors.

Un accident arrivé au courrier !

PACIFIQUE, répétant de même.

Un accident arrivé au courrier !

LES VOIX, du dehors.

Trop tard ! trop tard ! Il est mort !

PACIFIQUE, se redressant en comprenant cette fois ce qu'il dit.

Il est trop tard !

UNE VOIX, qui passe sous la fenêtre.

Pauvre homme ! il est mort en chrétien ! (La voix passe.)

UNE AUTRE VOIX.

Tôt ou tard !... malgré tout ! il faut que le crime soit puni ! (Elle passe.)

PACIFIQUE, se relevant.

Oui, il faut que le crime soit puni !... Je me livrerai... je le veux !... (S'arrêtant.) Et mon fils ?... mon Valentin... sa vie sera souillée, perdue... Ah !... (Il fait quelques pas et se trouve en face de la glace qui surmonte la cheminée... en y apercevant son visage, il tressaille d'épouvante, et, se penchant sur sa propre image, il répète d'une voix sourde et avec horreur.) Assassin !... Assassin! se retournant vers la fenêtre.) Irréparable ! irréparable !...

ACTE TROISIÈME

QUATRIÈME TABLEAU

La fête des Innocents.

Une place du village de Saint-Waast. — A gauche premier plan, devant un massif de feuillage une estrade, sur laquelle il y a plusieurs fauteuils dont l'un, plus large et plus riche que les autres, doit simuler le trône royal. — Sur le devant, à droite, et se détachant d'un bouquet d'arbres pour e pencher en avant, un vieux saule à la tête creuse, que le temps a rendu chauve. Tentures parsemées de bouquets le long des maisons, et drapeaux aux fenêtres. En face du trône, d'autres fauteuils. — Çà et là, des siéges et des bancs.

SCÈNE PREMIÈRE

MATHIAS, Ouvriers, Paysans, puis AGNÈS, puis DANIEL.

Au lever du rideau des ouvriers suspendent des guirlandes de feuillage entre les arbres.

MATHIAS, regardant autour de lui.

Allons! Je crois que ce qu'il y avait à faire est fait, et que les autorités, les gros bonnets, les petits bonnets, le cortége et l'assistance, tout ça peut venir quand on voudra.

AGNÈS, venant du fond.

Vous êtes là, monsieur le secrétaire du bailliage, bonjour donc!... vous n'avez pas vu mon homme?

MATHIAS.

Votre homme, madame sa femme, il était là, il y a un moment, à surveiller les apprêts de la fête des Innocents... vous en êtes donc inquiète, petite Alouette, d'votre homme?... Il s'plaint pourtant de l'être toujours bien peu, votre homme, et qu'vous n'soyez guère sa femme...

AGNÈS.

N' parlons pas de ça, père Mathias, ça m'effraie!... Elle sera donc bien belle, c' t' année, notre fête des Innocents...

MATHIAS.

Ah ! mais oui ! que pour une belle fête, ça sera une belle
fête, et le règne d'un jour du petit roi et de la petite reine,
sera un joli règne !... (Montrant les siéges de chaque côté.) Tenez,
voilà leur trône ; auprès, le fauteuil du bailli ; en face, la
place de M. et madame Dubucquoy, qui sont nos seigneurs...
comme qui dirait faute d'autres.

AGNÈS.

En v'là des honneurs !... Et... dites un peu, père Mathias,
c'est donc vrai qu'une fois sacrés à l'église, le petit roi et la
petit reine des Innocents ont tout pouvoir ? et que le village
entier, riches comme pauvres, doit leur obéir ?

MATHIAS.

Oui, ma fille ; on l'a bien vu depuis ce matin !

AGNÈS.

Et qu'ils ont même le droit de faire des mariages ?

MATHIAS.

Oui, ma fille, ils ont c' droit-là.

AGNÈS.

Et pourquoi donc qu'on l'a inventée, cette fête-là ? hein ?

MATHIAS.

Eh bien, ma fille... c'est à cause de... en mémoire du...
parce qu'on voulait que... Mais tenez, voilà M. Daniel, qui
peut vous conter ça encore mieux que moi !

DANIEL, entrant de droite.

Ah ! te voilà, Agnès ; je voudrais bien causer un peu avec
toi.

MATHIAS, aux paysans.

Nous, mes amis, faisons la place propre : allons-nous-en !
(Ils sortent.)

SCÈNE II

DANIEL, AGNÈS.

AGNÈS.

Vous voulez me parler, monsieur Daniel ?... de Marie,
n'est-ce pas ?

DANIEL.

Oui, Agnès... où est-elle maintenant, Marie?

AGNÈS.

Elle est chez M. Averlon, chez not' bailli... il n'est pas riche,
M. Averlon, et même... (depuis mon mariage, tenez) il vit

comme un pauvre, on ne sait pas pourquoi; mais il est bon.. que le père Pacifique et lui, c'est à qui sera le meilleur! et comme depuis la mort de son père, Marie n'a pas voulu rentrer au moulin qui est abandonné, M. Averlon l'a recueillie chez lui, en attendant.

DANIEL..

En attendant quoi?

AGNÈS.

En attendant la fête des Innocents, à ce que j'ai entendu dire au bailli lui-même.

DANIEL..

Et Marie est toujours aussi triste?

AGNÈS.

Ah! dame! vous jugez! Son chagrin n'est point de ceux qui s'passent d'une saison à l'autre! Et comme nos gens de ce pays-ci sont bêtes à en être méchants, ils la regardent comme un porte-malheur, à cause de son pere supplicié; ils l'injurient en la voyant. Aussi, Marie, n' sort jamais; elle travaille à des petites hardes pour les enfants pauvres... justement, tenez, les p' tits d' ceux-là qui l'appellent maudite et porte-malheur!

DANIEL.

Pauvre chère Marie! parle-moi encore d'elle!

AGNÈS.

Quéq'fois; le matin, au point du jour, elle va à l'église. Mais elle s'en revient bien vite, d' peur d' rencontrer quelqu' affront sur son chemin...

DANIEL.

Oui. Aujourd'hui même, de grand matin, je l'ai vue... de loin. Elle regagnait la maison du bailli. Ah! j'ai cru que l'émotion allait m'étouffer...

AGNÈS.

Ah çà! monsieur Daniel, vous aimez donc bien Marie...

DANIEL.

Profondément et loyalement, Agnès! (Parlant plus bas et avec un peu de mystère.) et c'est parce que je l'aime ainsi que je souffre en ce moment d'une crainte pénible. Aura-t-elle bien compris que ce matin, c'est le respect de son malheur qui m'a empêché d'aller à elle... Si Marie allait croire que je partage la cruelle prévention dont elle est l'objet!

SCÈNE III

Les Mêmes, FIFRELIN,

FIFRELIN, il s'approche sans être vu. Il est en bel habit neuf de garde
champêtre, son tricorne est garni de fleurs et de rubans.

M. Daniel et ma femme!... Ils se parlent d' ben près! à
cause donc? (Il observe.) *.

DANIEL, à demi-voix.

Je voudrais la voir, lui parler ; tu dois pouvoir m'aider,
Agnès... (Il parle plus bas.)

AGNÈS, parlant plus haut que lui.

Ah? vous me faites faire tout ce que vous voulez!

FIFRELIN, bondissant.

Tout ce que... (Touchant à son sabre.) Malheur ! malheur!

DANIEL, à Agnès en lui prenant la main.

En attendant, répète-lui ce que je viens de te dire.

AGNÈS.

J' vous l' promets. (Elle se dirige du côté opposé à Fifrelin.)

DANIEL.

Chère Agnès! je te remercie déjà! (Il l'embrasse vivement en
s'éloignant avec elle.)

SCÈNE IV

FIFRELIN, puis AVERLON, puis AGNÈS.

FIFRELIN.

Grand saint Éloi ! il ne me manquait plus que ça ! trompé,
moi, Éloi Fifrelin ! et avant même que... trompé avant ! qué
que ça sera donc après ? Ah !... (Il tombe assis le front dans ses
mains, Averlon paraît.) **.

AVERLON.

Tu dors, paresseux !

FIFRELIN.

Moi ! dormir ! moi ! que je gémis à bouche que veux-tu ?...

AVERLON.

Et pourquoi gémis-tu, imbécile! Tu es toujours à geindre,
et il n'y a pas d'homme aussi heureux que toi !

FIFRELIN.

Moi !... ah ! oui, une belle chance !

* Fifrelin, Agnès, Daniel.
** Averlon, Fifrelin.

AVERLON.

Tu as une femme à croquer!

FIFRELIN.

Ah! oui! parlons-en! Elle dit... (qu'est-ce qui croirait jamais ça!) Elle dit... (Mon Dieu que c'est donc bête!) Elle dit qu'elle m'aime, mais... pas encore assez pour me permettre d'être son mari... pour de bon! que je l'interloque, que je l'épouvante! et qu'elle attends un moment de courage, un petit je ne sais pas quoi... en ma faveur, et qu'alors... Voilà! Et je ne sais pas quand mon alouette sera tout à fait ma poule!

AVERLON.

Ça viendra! (Continuant.) En même temps qu'une femme charmante, tu as un bon bailli, qui t'a fait faire un bel habit neuf, et qui est toujours à courir après toi! Tu as une magnifique place de garde champêtre!

FIFRELIN.

Ah! oui! mais je le suis trop, garde champêtre! et pas assez marié! et pour lors, ma foi! autant aujourd'hui que demain, not' bailli, j' vous baille ma démission.

AVERLON.

Tu me...

AGNÈS, reparaissant *.

N' la r'cevez point, monsieur le bailli!

FIFRELIN, allant à elle et à voix basse.

Toi, ma femme, j'aurai à vous parler!

AVERLON.

Tu ne veux plus être garde champêtre!

FIFRELIN.

C'est mon idée. Ma place! ma place me fait lever le cœur! J'avais toujours vu la commune ben décente et ben sage, je croyais n'avoir rien à faire... mais c'est comme un sort! Depuis que j'veille sur la morale du pays, la morale souffre, Monsieur Averlon, elle souffre bien la morale!... et moi aussi... (En regardant Agnès.) A preuve, c' que j' viens d' voir ici tout à l'heure.

AGNÈS.

Monsieur le bailli, il insulte votre commune...

AVERLON, souriant.

Il m'insulte alors!

* Averlon, Agnès, Fifrelin.

FIFRELIN.

Mettez aussi que j'insulte la loi ! car je ne l'applique pas
la loi... non... appliquer la loi, ça n'est pas mon affaire...
Jugez ! Quand je rencontre des braconniers, moi, je leur dis
bonjour ; et en les quittant je leur souhaite une bonne
chasse... oui ! L'aut' jour, y avait des pauvres gens qui fai-
saient un fagot dans le bois communal, je les ai aidés, moi,
oui !... Et quand je vois des traces d'amoureux, donc ! comme
ça... au long des blés !... ah ! ah ! ah ! je redresse les épis,
moi... oui !... et je m'en vas, en m'disant que je r'trouverai
les futurs à l'église... c'est qu'ils ont pris le plus long !... Et
j'irais abîmer les blés encore davantage ?... allons donc ?...

AGNÈS, lui tapotant les joues.

Il a du bon ce Fifrelin.

AVERLON, souriant.

Tu trouves, toi ?

FIFRELIN.

Non ! non !... je suis un indigne garde champêtre ! destitutionnez-moi, monsieur Averlon, destitutionnez-moi !.

AVERLON.

Impossible ! votre pays a besoin de vous !

FIFRELIN, les yeux levés au ciel.

O mon pays ! mon pays ! (Il lui tombe quelque chose sur le nez,
il y porte la main.) Ah ! qué nom d'un nom !

AVERLON.

Ce n'est rien ; c'est un oiseau qui passe !

FIFRELIN, s'essuyant.

Il aurait bien dû passer plus loin ! Eh bien, monsieur le
bailli, vous voyez ! la v'là, ma chance ! la v'là (On entend crier
près de là, vive monsieur Dubucquoy ! vive madame Dubucquoy ! vive monseigneur Dubucquoy !)

AVERLON.

Mais viens donc ; Fifrelin, nous allons tout mettre en retard. (Il l'entraîne. On entend des cris joyeux.)

SCÈNE V

AGNÈS, puis JEAN BRULÉ, CHOPIN, Paysans et Paysannes
JÉROME, JUSTIN, puis MATHIAS avec les gardes du bailliage
au fond, puis M. et MADAME DUBUCQUOY, DANIEL,
THÉRÈSE, VALENTIN, CHARLOTTE, LA MÈRE JU-
DITH, etc.

AGNÈS à elle-même.

Qu'est-ce qu'il a donc voulu dire, mon homme ? Pauvre

Éloi! je l'aime bien, mais non! non! il me fait encore peur!
plus tard! plus tard!

CHOPIN.

Le voilà! le voilà! vive M. Dubucquoy!

JUSTIN, à un groupe de paysans.

Criez donc, vous autres!

LES PAYSANS.

Vive monseigneur Dubucquoy!...

JÉRÔME, à un autre groupe.

Vous non plus, vous ne criez pas! ça n'est pas de jeu!

LES PAYSANS.

Vive monseigneur Dubucquoy!

MATHIAS, arrivant avec deux gardes.

Place aux gardes du bailliage de Saint-Waast! (Les deux
gardes du bailliage viennent prendre position sur le devant à droite et à gauche.
— Les paysans agitent leurs chapeaux et les jettent en l'air. Des coups de
mousquet se font entendre.)

DUBUCQUOY, ravi.

Merci, mes amis, merci! votre enthousiasme pour moi me
gagne et... je suis attendri... Croyez-le bien... (A madame Dubucquoy, à demi-voix.) Madame, je veux que vous soyez attendrie avec moi!

MADAME DUBUCQUOY *.

Vous êtes le maître, monsieur, et me voilà attendrie plus
que vous. (Haut.) Merci mes enfants!... (Ils prennent place à
droite.)

VALENTIN, qui est entré derrière M. et madame Dubucquoy, passant
entre les groupes et à voix basse.

Criez donc, mes amis, criez donc!

LES PAYSANS.

Vive monsieur! vive madame!... vive toute la noble famille Dubucquoy!

MATHIAS, à voix basse, passant à son tour dans les groupes.

C'est bien!... Assez!... reposez-vous! gardez quelque
chose pour M. le bailli et pour le roi et la reine des Innocents!

VALENTIN, qui est revenu derrière le fauteuil de Dubucquoy **.

Vous le voyez, monsieur, on salue en vous la gloire de la
commune!...

* Dubucquoy, madame Dubucquoy, Thérèse, Judith, Valentin,
Agnès, les autres au fond.
** A gauche, troisième plan, Jean, Chopin, Charlotte et les paysans;
Agnès, Mathias et autres paysans au milieu; à droite M. et ma-
dame Dubucquoy, Thérèse, Valentin; derrière leurs fauteuils, Jérôme
et Justin.

DUBUCQUOY.

Oui, oui, certainement! (A part.) ça me revient assez cher!... (Haut à Valentin.) Et ça te flatte, toi, garçon, ces clameurs qui éclatent à mon aspect comme un feu d'artifice... Ça rejaillit sur toi, puisque c'est bientôt que ma diablesse de fille veut te nommer son époux!...

VALENTIN.

Ah! monsieur, que dites-vous. (A part avec joie.) Enfin!...

THÉRÈSE, souriant.

La vérité, maman a permis... (Se reprenant.) mon père a voulu... que la nouvelle de notre union prochaine vous fût donnée par moi...

VALENTIN.

Ah! mademoiselle!... madame!...

MADAME DUBUCQUOY.

Oui, dites à votre père de venir nous voir ces jours-ci, (Bas à Thérèse.) M. Dubucquoy veut lui parler de son maudit violon... il faudra bien qu'il finisse par y renoncer!

AGNÈS, qui écoutait en regardant Thérèse, à part.

Allons! la pauvre mignote ne l'échappera point!... pourvu qu'elle n'en pleure point plus tard!...

VALENTIN, à madame Dubucquoy.

Ah! monsieur! voilà une belle fête aussi pour moi! (A part en regardant à gauche.) ah! le bailli! Il n'est pas remboursé encore. Il faut pourtant que je reste ici!... (Il se détourne pour ne pas se trouver sur le passage du bailli.)

SCÈNE VI

Les Mêmes, AVERLON, puis **FIFRELIN, le roi, la reine,** et le **CORTÉGE DES INNOCENTS, GARDES, ETC.**

Le bruit de la mousqueterie redouble et se mêle aux accords du carillon de l'église de Saint-Waast qui commence à chanter.

LES PAYSANS, avec force et unanimement à la vue d'Averlon qui ouvre la marche, au fond à droite.

Vive M. Averlon! vive M. le bailli!

DUBUCQUOY, à sa femme.

Les entendez-vous ?... Comme le peuple est inconstant!

LES PAYSANS, au fond et regardant à gauche.

Les Innocents! les Innocents!

CHARLOTTE.

Ah! les v'là enfin! (Fifrelin paraît, le sabre levé, suivi d'un groupe de musiciens jouant de la flûte, du fifre, du tambour et du tambourin.)

FIFRELIN, criant *.

Place! place aux Innocents!

AGNÈS, avec admiration.

Est-il beau comme ça, mon homme! il a l'air d'une bataille!

LES PAYSANS, criant.

Vive le roi! vive la reine! vive les Innocents!

AGNÈS, criant.

Vive mon homme!

FIFRELIN.

Silence, femme!... ou je vous arrête! (A demi-voix avec rage.) Vous êtes une femme épouvantable! vous et M. Daniel, vous m'avez mis le cœur en mille morceaux.

JEAN BRULÉ, montrant la droite.

Qu'est-ce que c'est donc, père Mathias, que ce grand bonhomme qui a l'air si puni?

MATHIAS.

C'est le roi Hérode qui autrefois a fait massacrer les Innocents? est-il mortifié, hein?

AGNÈS.

C'est bien fait pour lui!

TOUS.

Noël! Noël! aux Innocents.

FIFRELIN.

Le roi! la reine. (Entrée royale : Derrière Fifrelin s'avancent deux enfants vêtus en hallebardiers, puis deux petits hérauts d'armes, puis deux petits pages portant chacun une bannière. Sur l'une on lit : « *Que les enfants enseignent les hommes!* » sur l'autre : « *Laissez venir à moi les petits enfants!* » Leurs Majestés paraissent ensuite sur un char rustique traîné par des moutons. Les Innocents viennent après, marchant derrière le char royal, vêtus diversement des costumes de la Flandre au moyen âge. Le roi Hérode (joué par un homme) et deux autres petits hallebardiers ferment la marche.

CHARLOTTE, avec admiration.

Ah! que c'est donc beau! y a pas mieux à Paris!

JEAN BRULÉ.

Ni à Versailles!

LES INNOCENTS.

Vive le roi! vive la reine! (Aidés par le bailli et par Mathias

Fifrelin, Averlon, Agnès au fond.

Leurs Majestés descendent de leur char et vont s'asseoir sur leur trône. Le roi Hérode est venu s'agenouiller à gauche au bas du trône, près d'un petit hallebardier qui le maintient prosterné. — Cependant Fifrelin essaie toujours de contenir les Innocents ').

FIFRELIN, aux Innocents.

Allons ! de l'ordre, messieurs ! mesdemoiselles de l'ordre! au nom de la loi !

AGNÈS.

Il faut les prendre par la douceur.

FIFRELIN.

Oui... le premier qui crie, je le fais tirer à quatre chevaux.

LA MÈRE JUDITH, placée derrière Thérèse.

Il y a seulement deux ans, j'en avais un comme ça, d'innocent, à embrasser !

THÉRÈSE, se retournant.

Pauvre mère Judith ! Écoutez-moi. (Elle lui parle bas. Averlon monte dans le saule creux qui forme une sorte de chaire.

FIFRELIN.

M. le bailli va parler : silence !

DUBUCQUOY, à ceux qui l'entourent en montrant le bailli.

C'est moi qui aurais dû parler ! Je parle bien !

VALENTIN.

Vous n'aviez qu'à le vouloir.

TOUS.

Silence ! silence ! (Le calme se fait.)

AVERLON.

N'ayez pas peur !... je ne parlerai pas longtemps !... Mes amis, en souvenir du massacre des Innocents, commandé par le roi Hérode... (A ce nom tous les yeux se portent au pied du trône sur le roi Hérode détrôné. Les Innocents qui se trouvent le plus près de lui l'acablent de coups de poings et le petit hallebardier le bâtonne avec sa hallebarde. — Le bailli, qui s'est un instant interrompu, reprend.) En souvenir du massacre des Innocents, toutes les mères, dans notre chère vieille Flandre, se sont un jour accordées pour que chaque année, au vingt-huit décembre, leurs petits fussent encore plus aimés et plus heureux que les autres jours !... C'est ainsi que la *Fête des Innocents* a été instituée... Mais il est arrivé que, souvent, ce qui restait au roi et à la reine de tout leur pouvoir, c'était un gros rhume...

' Valentin, la famille Dubucquoy, Judith à droite; Charlotte, Jean Brulé, Chopin, les paysans garnissant le milieu; à gauche, Fifrelin, Agnès, Averlon, le roi et la reine sur leur trône ; les enfants assis sur les marches.

dame !... en décembre !... On a donc transporté la fête au premier beau dimanche de printemps. Ce jour-là, et sous ce règne trop court des Innocents, les pauvres sont honorés comme des seigneurs ; les ennemis se réconcilient ; des fiançailles se proclament... ; les pauvres chez les riches sont traités comme des égaux... et les derniers sont les premiers, comme il est dit dans les Ecritures ! car nos souverains n'ayant pas le temps de faire des lois, on leur relit seulement quelques mots de l'Evangile... — Mes amis, j'ai dit... Et maintenant, que Leurs Majestés gouvernent, jugent, marient, tranchent, règnent, taillent, boivent et mangent tout leur saoul !... c'est leur affaire ! Vive la reine ! et vive le roi ! (Le bailli descend de son arbre au milieu des vivats qui éclatent de tous côtés, il va se placer près des enfants.)

FIFRELIN, voyant se lever la petite reine.

Silence !

LA REINE.

Moi, je veux faire des mariages !

FIFRELIN, amèrement en regardant Agnès.

Elle veut faire des malheureux !... faut l'dire franchement !

AVERLON, en faisant rasseoir la petite reine.

Tout à l'heure ! tout à l'heure !

LE ROI, se levant.

Moi, on m'a dit qu'après que le bailli aurait parlé, ça serait mon tour, c'est mon tour ! je parle !... Me voilà roi, moi ! j'en suis bien content, parce que je pourrai embrasser Denise qui est ma reine. (Il veut embrasser la petite qui se débat ; on rit.)

LA REINE.

Non ! non ! tu m'embrasses trop fort.

LE ROI.

Tu n'es qu'une vilaine !... Je ne veux plus de toi : va-t-en !

LA REINE.

Je ne veux pas m'en aller, moi !

LE ROI.

Tu t'en iras !

LA REINE.

Non ! c'est toi ! (Ils se battent, les parents veulent intervenir.)

FIFRELIN.

Mais c'est la cour du roi Pétaud ?

LE ROI, furieux.

Pétaud ! on m'a appelé Pétaud !

DUBUCQUOY.

Ces enfants sont stupides comme s'ils avaient mon âge !

AVERLON, d'une voix grave.

Les orphelins de l'année ! (Il se fait un grand silence. Tout le monde se découvre.)

SCENE VII

LES MÊMES, LES ORPHELINS.

Sensation profonde quand on voit paraître, tranchant sur le fond joyeux et barriolé de la fête, cinq orphelins tous vêtus de noir. — Parmi eux se trouve une fillette d'une dizaine d'années, un petit garçon de cinq à six ans, et MARIE HERVIN, la fille du supplicié, puis PACIFIQUE *.

DUBUCQUOY, à ceux qui l'entourent.

Ah mais ! l'émotion me prend à la gorge, moi ! On aurait dû me prévenir.

CHOPIN, aux autres.

Comment ! Marie Hervin ici ?... le bailli a eu tort !...

AGNÈS.

Je dis qu'il a eu raison, moi ! (Murmures.)

AVERLON.

Chaque fois que j'ai assisté à une fête des Innocents, mes amis, j'ai toujours été touché quand venait le moment où nous sommes !... (Montrant les orphelins.) Voici ceux qui n'ont plus d'autre père que Dieu ! Mais il aime a être aidé dans ses œuvres de charité et d'amour. Quels sont ceux qui veulent remplacer, pour ces enfants, leurs parents perdus ?... quels sont ceux qui veulent aider Dieu ?

LA MÈRE JUDITH, très-haut, et s'avançant **.

Ah ! ma foi ! faut que j' parle et faut qu'on m'écoute, moi ! J' suis ben pauvre, mais tout à l'heure, mademoiselle Thérèse m'a dit qu'elle me faisait une petite rente... j' vas profiter d' ça pour être encore appelée : Ma mère ! je demande à adopter c' pauvre p'tit homme qu'est là tout triste avec les yeux rouges, et j' réponds bien qu'y n' pleur'ra plus !

AVERLON.

Veuve Judith Desprès ! Vous êtes une brave femme : La commune vous donne cet orphelin ! (A l'enfant.) Mon ami, va embrasser ta mère !

---

* Les orphelins au milieu, Averlon à gauche.
** Sur le devant, Averlon, les orphelins, Judith.

PREMIER PAYSAN, prenant un enfant.

Moi, j'adopte celui-ci !

DEUXIÈME PAYSAN.

Et moi, celui-là *! (Chacun d'eux prend un enfant dans ses bras.)

MATHIAS.

Moi, j'ai onze enfants, tous bien portant. Je ne crois pas que j'irai à douze... quoique ça m'aurait fait plaisir, et à ma femme aussi !... Mais quoi! nous n'avons plus le temps. Eh bien ! je demande qu'on nous fasse cadeau d' la petite Louison, ça nous fera not' douzaine, et elle n' sera pas la plus malheureuse du tas !

PACIFIQUE, qui vient d'entrer et qui a entendu.

C'est beau et bien, père Mathias! Honneur aux grandes familles ! la terre aime à les porter. (Il va saluer M. et madame Dubucquoy, et au-dessus d'eux il échange un geste et un sourire triste avec Valentin.)

AVERLON, à la petite fille en lui montrant Mathias.

Toi ma fille, va retrouver ce que tu a perdu ! (Tous les enfants sont au milieu de leurs nouvelles familles. Marie est restée seule le front baissé, les yeux à terre, les mains jointes.)

PACIFIQUE, à part, en regardant Marie **.

O Marie ! oh ! cette robe de deuil !

AVERLON.

Maintenant, mes amis, il faut qu'une bonne âme adopte la pauvre Marie Hervin !... (Murmures sourds.) N'oubliez pas que Marie est bien innocente ?... rappelez-vous que les fautes sont personnelles... La preuve, tenez, c'est que moi, qui ai jugé le père, j'embrasse ici l'enfant !... (Il embrasse Marie.)

CHOPIN, et voix diverses.

Bah !... c'est une malheureuse ! On sait ce que c'est que l'héritage du mal !

MARIE, à part.

O mon père! comme elle souffre ta pauvre Marie !... (Elle cache son visage dans ses mains.)

DUBUCQUOY.

Voilà un épisode de bien mauvais goût !

THÉRÈSE, avec élan, se levant.

Monsieur le bailli, que mes parents y consentent, j'adopte Marie.

Mathias, Les orphelins, Averlon.
** Averlon, Marie, Pacifique.

MADAME DUBUCQUOY, à Thérèse en la faisant se rasseoir.

Qu'est-ce à dire?

DUBUCQUOY.

Par exemple!... (A Valentin.) Les crimes des pères retombent sur la tête des enfants; n'est-ce pas, Valentin?

VALENTIN.

Mais certainement... certainement...

CHOPIN.

Monsieur Dubucquoy a raison.

VOIX DIVERSES.

Il a raison!... oui!... oui!... il a raison.

AVERLON, à Marie.

Ma pauvre Marie, tu vas donc rester toute seule!

MARIE, pleurant.

Mon Dieu! mon Dieu!... (A Averlon.) Adieu donc! (Mais tout à coup ses yeux rencontrent les yeux de Pacifique *.) Ah!... (Elle s'élance vers lui.) Père Baudimont!... est-ce que vous m'abandonnerez vous? vous qui êtes si bon?...

PACIFIQUE, sans comprendre.

Moi!...

MARIE.

Personne ne veut m'adopter. Tout le monde me repousse; soyez mon père, vous! (Mouvement.)

PACIFIQUE, avec un cri.

Moi, ton père! moi qui ai... (Il s'arrête brusquement en promenant autour de lui un regard épouvanté qu'il arrête sur son fils. Reprenant alors.) Moi! qui n'ai plus rien à moi, puisque... (Il regarde le bailli, puis après une pause, il s'écrie avec force.) Eh bien, oui! (S'élançant vers Marie.) Oui, je serai ton protecteur, ton refuge, ton père!... (Lui posant la main sur le front.) Je t'adopte!... (Levant les yeux au ciel.) Et qu'il consacre cette adoption, celui qui nous juge!... (Grand saisissement dans la foule.)

MARIE.

Mon ami! mon père! (Elle veut baiser ses mains.)

PACIFIQUE, les retirant avec force.

Oh!...

AVERLON, qui s'est approché de Pacifique.

Voilà qui est digne de vous, honnête homme!... Tout ce qu'il y a ici de braves gens vous estime et vous aime : On aimera et on estimera un peu plus le père Pacifique!... (Il lui serre les mains.)

____

* Pacifique, Marie, Averlon.

PACIFIQUE, à part.

O aveugles ! C'est moi qu'on honore !...

DUBUCQUOY, qui parlait bas à madame Dubucquoy avec agitation.

Non ! vraiment ! c'est trop fort ! le bonhomme est plus fou que jamais !

VALENTIN, embarrassé.

Monsieur !

MADAME DUBUCQUOY.

N'êtes-vous pas bien flatté d'avoir une pareille sœur !

THÉRÈSE.

Mais, maman...

DUBUCQUOY.

En voilà assez !

MADAME DUBUCQUOY, se levant.

Partons ! je le veux.

DUBUCQUOY, se levant aussi.

C'est moi, madame, qui le veux ! Venez, ma fille...

THÉRÈSE.

Je m'amusais, moi !

M. et MADAME DUBUCQUOY.

Venez ! (Ils s'éloignent en colère suivis de Thérèse malgré tout le monde qui veut les retenir.)

VALENTIN, les suivant aussi.

Ah ! c'est la fatalité qui me poursuit. (Il disparaît.)

SCÈNE VIII

LES MÊMES, hors la famille DUBUCQUOY, et VALENTIN, puis DANIEL *.

CHOPIN, au milieu d'un groupe de paysans qui murmurent.

Il a fait là quelque chose de beau le ménétrier !

FIFRELIN.

Écoutez ! c'est le moment où l'on chante la *Fête des Innocents*.

LES PAYSANS.

Ah ! Écoutons ! écoutons !

____

* Mathias et Judith assis à droite ; Fifrelin, Agnès, Averlon au milieu, les autres les entourant.

La fête des Innocents.

CHŒUR.

Salut! salut! vieille fête flamande
Où chaque enfant,
Souverain triomphant,
Aux magistrats comme aux vieillards commande !
Noël! noël à ces rois triomphants !
Le ciel sourit au règne des enfants.

Que tout chante la fête
À laquelle Dieu prête
Les beaux jours renaissants,
C'est la fête des Innocents.

AGNÈS.

I

Étalez-vous, toilettes des dimanches,
Parents des rois, montrez-vous glorieux.
Joyeux refrains, résonnez sous les branches,
Tonnez dans l'air, vieux mousquets des aïeux.
Devant les feux tournez, tournez, les broches;
Comme à la pâque et comme aux réveillons!
Sonnez, bourdons, et vous, petites cloches,
Jetez au vent vos plus gais carillons !

REPRISE EN CHŒUR.

Salut! salut! vieille fête flamande, etc.

FIFRELIN.

II

Voir tant d'enfants à d'autres, ça m' fend l'âme,
Car j'en aurais et beaucoup, oui vraiment !
Mais pour que j' sois le mari de ma femme,
Il faut au moins qu'a m' baill' son consent'ment!
Qu'all' me l' donne donc et ma journée est faite,
Mon cœur n'est plus comme un pauvre orphelin,
Et ce soir mêm' des Innocents la fête
Va devenir la fête à Fifrelin.

REPRISE EN CHŒUR.

Salut ! salut! vieille fête flamande, etc.

AVERLON.

III

Ces majestés à la joue animée,
Ces doux tyrans, cette enfantine cour,
C'est la moisson que l'amour a semée
Et que plus tard attend aussi l'amour.

Blonds chérubins, beaux comme l'espérance,
Trop vite hélas! on les verra grandir !
Et cependant peut être de la France,
Sur ces fronts purs repose l'avenir.

REPRISE GÉNÉRALE.

Salut! salut! vieille fête flamande, etc., etc.

(Après le chant fini, la reine se lève.)

FIFRELIN.

La reine va parler, silence! *

LA REINE.

Est-ce à présent que je vais faire des mariages?

AVERLON.

La reine veut dire des fiançailles. Nous sommes aux ordres
de Sa Majesté. — Se présente-t-il des fiancés ?

JEAN BRULÉ, poussé par Charlotte.

En voici. (Il prend la main de Charlotte.)

FIFRELIN.

Qu'ils avancent! (Jean Brulé et Charlotte approchent.)

MATHIAS, aux assistants.

J'ai été fiancé comme ça, moi! voilà quarante-huit ans!

LA REINE, debout sur son fanteuil, aidée par le bailli pour unir les mains
des fiancés et soufflée par lui.

Aimez-vous! respectez-vous! travaillez l'un pour l'autre
et le bonheur habitera chez vous! Allez, vous êtes fiancés.

LE ROI.

Embrassez-vous donc! (Jean et Charlotte s'embrassent puis re-
montent.)

LA REINE **.

Maintenant, il y a un autre mariage que je veux faire.

AVERLON.

Qui donc veux-tu marier, madame la reine?

LA REINE.

Je veux marier Marie Hervin, que j'aime bien, moi! (Mouvement dans la foule.)

AVERLON.

Ah! Eh bien tu as raison, toi, petite reine! Avec qui veux-
tu la marier?

LA REINE.

Avec... avec... Approche donc, Marie !

AVERLON, à Marie.

Approche, mon enfant... il faut leur obéir, tu sais!...

* En partant de la gauche, Jean Brulé, Charlotte, Fifrelin, Marie,
Averlon, Agnès, le roi, la reine, les autres sans changement.

LA REINE, cherchant des yeux.

Je veux la marier avec... avec... (Désignant Daniel qui vient d'arriver par le côté opposé à la sortie précédente, et que personne encore n'avait remarqué.) avec lui.

DANIEL, s'approchant.

Moi! *

AVERLON, le montrant.

Avec... M. Daniel Dubucquoy?

LA REINE.

Ah! je ne sais pas son nom, moi... mais je l'aime bien tout de même... qu'il approche!

DANIEL, qui vient prendre Marie par la main.

Me voici! (Souriant.) puisqu'il faut obéir.

LA REINE, debout sur son trône.

Aimez-vous! respectez-vous! vous êtes fiancés! (Murmures divers.)

DANIEL, bas.

Oh! chère Marie!

MARIE, avec terreur.

Monsieur Daniel!

CHARLOTTE, à ceux qui l'entourent.

Elle n'est pas déjà si malheureuse, Marie Hervin à c'te fête des Innocents; elle y gagne un père et un fiancé...

JEAN BRULÉ.

Oh! le fiancé! c'est pour rire!...

DANIEL, qui a entendu cela.

Vous croyez, mon ami?... (Prenant la main de Marie et la conduisant à Pacifique.) Je vous confie cette douce et pure fiancée, monsieur Baudimont, gardez-la moi bien.

PACIFIQUE.

Je suis devenu son père, monsieur Daniel et j'en réponds à Dieu! (A lui-même en regardant autour de lui.) Je ne vois plus Valentin! (Daniel s'éloigne. Pacifique emmène Marie un peu à l'écart pour lui dire:) Écoutez-moi, mon enfant. Je vous ai offert une protection paternelle, mais sans avoir en même temps un toit à vous offrir; car je n'ai plus de maison. Ayant dû vendre la mienne, je logeais à l'auberge, je ne le peux plus maintenant. Il faudrait donc rassembler votre courage, Marie, pour que nous puissions aller vivre ensemble, du moins pendant quelque temps, au moulin abandonné.

MARIE.

Oh! avec vous, mon ami, je n'aurai pas peur... mais on s'amuse ici, mes habits de deuil attristeraient la fête et...

* La reine, Averlon, Agnès, Marie, Daniel, Fifrelin, etc.

PACIFIQUE.

Je vous comprends, mon enfant ; seulement on a besoin de moi... et, moins que jamais, je ne puis perdre l'occasion de gagner quelque argent !... je vais vous faire conduire.

MARIE.

Merci !

PACIFIQUE, appelant.

Fifrelin !

FIFRELIN.

Monsieur Baudimont ! (Pacifique lui parle bas.)

AVERLON.

Maintenant, mes amis que la fête continue ..

LES PAYSANS, reprenant en chœur.

Salut ! salut ! vieille fête flamande ! etc., etc.

MATHIAS, se levant et l'interrompant.

Chut ! regardez donc monsieur le bailli ! (Il montre les enfants qui, pendant ce qui précède, se sont peu à peu endormis, çà et là, dans des poses gracieuses ou comiques. La nuit est venue. Musique jusqu'à la fin du tableau.

AVERLON.

Ah ! regardez !... Du plus humble au plus grand ! La reine dort et le roi rêve déjà... Chut !... Et jusqu'au roi Hérode, voyez !

MATHIAS.

Et voilà comme j'ai toujours vu finir la fête des Innocents !

AVERLON.

Allons, parents, il faut les prendre sur vos épaules... voici la nuit. Le cortége va se reformer, conduit par le violon de Pacifique, et ramènera chacun chez soi, en commençant par le roi et la reine... Les Innocents couchés on dansera !... (A Mathias.) Faites avancer le char royal. (Mathias disparaît au fond, du côté où l'on a remis le char. Chacun cherche son enfant et le charge sur ses épaules tout endormi, tandis que les gardes allument des flambeaux pour éclairer la marche.)

PACIFIQUE, prenant son violon.

A bientôt ! mon enfant ! (A Fifrelin.) Tu m'as compris, Éloi ?

FIFRELIN, se contenant.

Oui, monsieur Baudimont. (A lui-même.) C'est trop de malheur, ça ! quitter ma femme quand M. Daniel... (Criant.) Agnès ! (Mouvement.)

AVERLON.

Brigand !... il les réveille!

LA REINE, rêvant.

Où est le roi?

LE ROI, de même.

Embrassons-nous!

AGNÈS, à Fifrelin.

Qu'est-ce que vous voulez?

FIFRELIN, bas, d'une voix concentrée et d'un ton impérieux.

Je vas reconduire Marie au moulin abandonné, où elle s'en va vivre avec le père Baudimont. Voulez-vous m'accompagner?

AGNÈS, doucement.

Avec plaisir, mon ami.

FIFRELIN, déconcerté.

Ah ! ah ! (Avec joie.) Quel beau jour!

MATHIAS, revenant en traînant le petit char après lui.

Monsieur le bailli, les bêtes ont disparu.

AVERLON, regardant autour de lui.

Qui est-ce qui va remplacer les bêtes? Ah! Hérode! Qu'on l'éveille! (Pendant qu'on l'éveille, Averlon replace sur le char le roi et la reine endormis. Puis on attèle au char le roi Hérode. Averlon à Pacifique.) Vous êtes prêt, mon ami?

PACIFIQUE.

Tout prêt, bailli. (A part.) Allons, chantons! (En regardant Marie.) Gagnons notre pain... (A lui-même.) et la rançon de l'honneur! (Il se met en tête du cortège que les flambeaux éclairent, en jouant du violon et en chantant en sourdine avec tout le monde.)

Salut! salut! vieille fête flamande, etc., etc.

(Le bailli et les paysans le suivent portant les enfants endormis, tandis que du coté opposé Fifrelin et Agnès emmènent Marie.)

(Le rideau baisse.)

CINQUIÈME TABLEAU

Dans les bois

Une clairière dans une forêt. — Au fond, derrière un rideau d'arbres et dominant la scène, un chemin qui la traverse dans toute sa largeur ; à droite, un tronc d'arbre renversé. Quand le rideau se lève, il fait nuit noire.

SCÈNE PREMIÈRE

FIFRELIN, AGNÈS.

AGNÈS.

Et moi j' vous dis, monsieur mon homme, que j' veux qu' nous r'tournions sur nos pas.

FIFRELIN.

Mais pourquoi, m'ame mon épouse, pourquoi ?

AGNÈS.

Parce que j'ai des inquiétudes à propos d' Marie, et que j' me r'pens d' lui avoir obéi, quand une fois en vue du moulin ell' nous a renvoyés... Nous nous étions chargés de la conduire jusqu'au moulin : nous devions la conduire jusqu'au moulin, je ne connais qu' ça... C'est que j' suis esclave d' mes devoirs, moi !...

FIFRELIN.

Vous êtes esclave de vos devoirs, vous ?

AGNÈS.

Oui, moi !

FIFRELIN.

Eh bien ! alors... allons-nous-en chez nous.

AGNÈS.

Qu'est-ce que ça veut dire ?

FIFRELIN.

Oh ! ça veut dire... Allons-nous-en chez nous.

AGNÈS.

Chez nous ? Ah ! l' plus souvent !... quand on danse là-bas, après avoir reconduit les Innocents ! Non ! non ! pas si bête ! Je veux aller danser avec les autres !

FIFRELIN.

Mais... les malheureux qui dansent, c'est qu'ils n'ont rien
de mieux à faire! Allons, madame, allons-nous-en! — Mais
pourrons-nous retrouver not' route dans cette obscurité?

AGNÈS.

Il le faut! car je tiens à mon bal, moi! et nous irons
plutôt à tâtons...

FIFRELIN.

Oh! ça, ça me va!... (Il va pour lui prendre la taille.)

AGNÈS.

Eh bien? eh bien?... qu'est-ce que vous faites donc,
monsieur Fifrelin?

FIFRELIN.

Mais... je vais à tâtons!

AGNÈS.

Si vous ne finissez pas, je tape!

FIFRELIN.

Oh! mais! c'est une sauvage!... Une idée! je suis fati-
gué, vous devez l'être... (Il s'assied.) Asseyez-vous près de
moi!... (Lui prenant la main et l'attirant.) Venez-là!... venez-là!

AGNÈS.

Non! je veux que nous partions.

FIFRELIN.

O Agnès!

AGNÈS.

Viendras-tu, à la fin?

FIFRELIN, se relevant.

Aïe!

AGNÈS.

Quoi encore?

FIFRELIN *.

Tu m'as tutoyé!... Elle m'a tutoyé, grand saint Éloi!
L'as-tu entendu?... mais dame! quoi! c'est ma femme!... (A
Agnès qui laisse peu à peu tomber sa tête sur son épaule.) Allons,
ma femme, je laisse là toutes mes idées bêtes! Toi, ne
sois plus méchante et ne retire pas ta petite main de la
mienne... puisqu'on ne peut pas nous voir... O bonheur!
elle ne la retire pas!... Sa petite tête s'incline sur mon
épaule!... Ses cheveux me chatouillent le nez... et son cœur
fait tic-tac comme un oiseau éclos d'hier!... Elle m'aime!...
elle est à moi! (La lune éclaire tout à coup la scène.)

AGNÈS, comme se réveillant.

Ah! vous me faites peur!

* Agnès, Fifrelin.

FIFRELIN.

Agnès!...

AGNÈS.

Ne m'approchez pas ou je vous griffe!

FIFRELIN.

Oh! ça, ça m'est bien égal!

AGNÈS.

Ah! je reconnais ma route!... Au revoir, Fifrelin!

FIFRELIN.

Oh! tu ne m'échapperas pas! (La lune se voile de nouveau quand Agnès a disparu.)

SCÈNE II

FIFRELIN, puis DANIEL.

FIFRELIN.

Allons! bon!... bête de lune, va!... v'là encore que je n' m'y r'connais plus! Par où diable est-elle passée ma femme? (S'arrêtant.) Ah! j'ai entendu du bruit dans ce fourré!... Un braconnier p't'et'... oui! Au nom de la loi, je vous arrête!

DANIEL *.

Tu m'arrêtes, Fifrelin?

FIFRELIN.

Monsieur Daniel! Ah! pardon! c'est que j' perds la tête, voyez-vous! c'est un effet du mariage!... j' cherche ma femme et je ne trouve même plus mon chemin...

DANIEL.

Ta femme! je viens d'la voir passer dans l'allée des chênes qui conduit au village...

FIFRELIN.

L'allée des chênes est donc près d'ici?

DANIEL, montrant la gauche.

Elle est là.

FIFRELIN.

Mais alors vot' château n'est pas loin..

DANIEL.

Non! et j'y retourne...

FIFRELIN **.

Eh ben! bon voyage! J' vas tâcher d' rattraper ma femme, moi! A vous revoir!

* Daniel, Fifrelin.
** Fifrelin, Daniel.

DANIEL.

Au revoir, Fifrelin!

FIFRELIN, revenant.

Dites-donc, monsieur Daniel! alle m'a tutoyé, mon Alouette!... que j' la rattrape!... et je ne vous dis que ça! (Il disparaît.)

SCÈNE III

DANIEL, puis MARIE.

DANIEL, seul.

Il est parti, tant mieux! J'ai tant besoin de marcher seul... en compagnie de ton souvenir, ma chère Marie!... Marie! Où est-elle maintenant? sans doute elle repose...

MARIE, au dehors.

A moi! à moi!

DANIEL.

Mon Dieu! mais c'est sa voix!

MARIE*, entrant, ses cheveux sont défaits et ses vêtements un peu déchirés.

Grâce! au secours!

DANIEL.

Marie! Marie! c'est moi! Daniel!

MARIE.

Vous!... Ne me quittez pas!

DANIEL.

Qu'avez-vous?... que s'est-il passé?

MARIE.

Attendez que je me remette... que je me souvienne!...

DANIEL.

Reposez-vous là**... (Il la fait asseoir sur le tronc d'arbre renversé, il va ensuite pour s'asseoir auprès d'elle, mais comme se ravisant, il se tient respectueusement debout.)

MARIE.

Eloi s'était chargé de me conduire, avec Agnès ; mais à peu de distance du moulin, où j'allais attendre Pacifique, je voulus, j'exigeai que mes amis n'allassent pas plus loin. Mais Pacifique, en m'envoyant au moulin, ignorait que les eaux de la dernière inondation ne se sont pas encore retirées entièrement.

* Marie, Daniel.
** Daniel, Marie.

DANIEL.

Et le moulin n'est pas encore accessible ?

MARIE.

Non, mais il l'eût été, je ne sais quelle terreur mysté-
rieuse me retenait sur la rive !... Je crois qu'ils disent vrai,
ceux qui disent que ce moulin est maudit !

DANIEL.

Taisez-vous, Marie ! Dans votre bouche ce mot est presque un blasphème !... car vous devez croire toujours, vous,
que votre père était innocent !

MARIE.

Ah ! que vous êtes bon ! et que vos paroles me font toujours de bien !...

DANIEL.

Chère enfant !... Mais revenons à vous !

MARIE.

Il a donc fallu retourner sur mes pas ! J'ai appelé Fifrelin,
mais il ne pouvait déjà plus m'entendre... j'ai repris seule
alors la route parcourue, dans l'intention de revenir au
village trouver Pacifique... mais il faisait nuit noire, et je
marchais en hésitant... Tout à coup, à un détour du chemin, je sens une main se poser sur ma bouche, je veux me
débattre... une autre main brise ma main... et j'entends
une voix qui parmi d'horribles menaces... me dit...

DANIEL.

Quoi donc, mon Dieu !

AGNÈS.

Que, si dès demain je n'ai pas quitté le pays... je mourrai !

DANIEL.

Oh !... il faut que je le trouve le misérable !...

MARIE, le retenant.

Daniel ! (Elle reprend.) monsieur Daniel, ne me quittez pas !

DANIEL.

Je le retrouverai... Enfin ?

MARIE.

Quitter le pays ! le coin où je suis née ! abandonner la
tombe de mon père !... Tout ce que j'aime et tout ce qui
m'aime : voilà ce qu'on m'ordonnait ! Un sentiment de
révolte s'éveille en moi alors, et me rend la force... par un
violent effort, je me dégage et je m'élance au hasard devant
moi ; on veut me poursuivre, mais l'homme qui me poursuit fait une chute dont ma course profite ; l'obscurité me

protége, je vais sans m'arrêter et... et... (Pleurant.) Ah! ça soulage... les larmes! et c'est bon de se sentir sauvée!

DANIEL.

Quel peut être cet homme?... Qui soupçonneriez-vous?

MARIE.

Qui? (A part.) Oh! ce regard que m'a jeté Valentin... mais non!... Le fils de mon bienfaiteur! non! non! (Haut.) Je ne puis soupçonner personne... On ne m'aime pas dans le pays, vous le savez; on me traite... comme un porte-malheur! On a voulu m'effrayer, sans doute, pour se débarrasser de moi, et... Voilà tout, monsieur Daniel, voilà tout..., et... je suis bien malheureuse!

DANIEL.

Marie! ma chère Marie!... au nom du ciel! ne parlez pas ainsi! Vous me déchirez le cœur... Écoutez-moi et ne pleurez plus, mon amie, ma sœur, ma fiancée!...

MARIE.

Oh! taisez-vous! taisez-vous!

DANIEL.

N'est-ce pas la vérité? Est-ce que, tantôt, votre cœur a dit non, quand l'enfant nous disait de sa voix naïve : « Aimez-vous! » Ah! si vous saviez comme le mien a dit oui avec ivresse... avec ferveur! Allez! allez! Marie, nous sommes fiancés. Rien désormais ne peut l'empêcher, et quand les mains se sont jointes si saintement dans les fiançailles, déjà les cœurs sont époux!...

MARIE, doucement et tristement.

Pauvres fiançailles! que nulle bénédiction ne suivra jamais!

DANIEL, vivement.

Et pourquoi?

MARIE.

Pourquoi?... C'est à moi qu'il demande pourquoi?

DANIEL.

Écoutez, Marie, je vous aime depuis que je vous connais; mais jamais encore ce n'a été si ardemment qu'à cette heure, à cette heure qui éclaire ma vie! Je vous regarde et mon cœur s'ouvre! je vous écoute et j'ai les yeux pleins de larmes... ces larmes, Marie, c'est le baptême de mon bonheur... Ah!... c'est si ardemment que je vous aime!

MARIE, *émue et domptant son émotion en se levant* [*].

Taisez-vous ! monsieur ! taisez-vous ! il faut que je parte...
que je rejoigne mon père d'adoption... mais... (*Chancelant.*)
mais mes pieds ne peuvent plus me soutenir... je chancelle... je [**]...

DANIEL.

Vous souffrez ? (*On entend au loin sonner deux heures.*)

MARIE.

Non ! mais... C'est deux heures après minuit qui sonnent
au loin... je suis debout depuis l'aube et... les émotions vous
brisent autant que la fatigue.

DANIEL.

Eh bien ! reposez-vous encore un instant, les forces vont
revenir... et je vous regarderai, moi, ma fiancée bien-
aimée...

MARIE.

Non ! non ! Taisez-vous, ne me parlez pas ainsi ! ne me
regardez pas ainsi ! (*A elle-même.*) Je suis anéantie !

DANIEL.

Marie !

MARIE.

Mais vous ne comprenez donc pas que vous me faites
souffrir !

DANIEL, *avec amour*.

Je comprends que vous m'aimez, Marie ! n'est-ce pas ?...
N'est-ce pas que vous m'aimez ?

MARIE, *vaincue*.

Eh bien, oui, je vous aime !... et dans ce demi-sommeil où
me mettent la lassitude et les émotions de cette journée, il
me semble entendre une musique céleste dans ma propre
voix en vous disant : « Oui, je vous aime ! Vous êtes bon !
vous êtes loyal, vous êtes fier et doux !... oui, je vous aime ! »
Oh ! mon Dieu ! mon Dieu !... la vérité que je voulais garder
cachée toujours dans mon cœur, je la lui dis tout entière !...
Est-ce mal, mon Dieu ! je ne sais pas... mais si c'est mal,
vous me pardonnerez !... C'est la première heure que nous
passons ensemble... et... c'est une heure qui ne reviendra
jamais !

DANIEL.

Jamais !

[*] Daniel, Marie.
[**] Marie assise, Daniel.

MARIE.

Est-ce que je puis être votre femme, moi, Daniel?... Ah!
tenez, partons! Ramenez-moi vers Pacifique!... (Se levant
et retombant encore.) Mais... mais je ne peux pas!... je suis...
je suis à bout de forces...

DANIEL.

Marie! chassez des craintes que vous ne devez pas connaître si vous avez pénétré mon caractère! (A genoux devant
elle.) Vous serez ma femme, je le jure devant Dieu!

MARIE.

Il le croit! Dieu bon! il le veut et il le croit!... Ah!
Daniel!... voilà du bonheur pour toute ma vie!... je n'en
demande pas davantage! (Elle a laissé tomber son front sur l'épaule
de Daniel à genoux ; ils restent ainsi quelques instants. On entend alors au
loin le son du violon de Pacifique, et en sourdine le refrain de la ronde des
Innocents chanté par ceux qui suivent le ménétrier. Marie relevant la tête
en parlant d'une voix déjà endormie.) C'est le violon du père Pacifique, il reconduit les danseurs chez eux... comme les dimanches.

DANIEL, debout et regardant.

Oui, oui... c'est lui!

MARIE, essayant de se lever.

Appelez-le! non, je vais à lui... (Jetant les yeux sur ses vêtements et sur ses cheveux dénoués.) Mais non! non! Je ne veux pas
qu'on me voie... ainsi... à cette heure!... il faudrait dire...
Attendez!... attendez!... (Elle essaie de rattacher ses cheveux et de
rajuster ses vêtements. Pendant ces dernières paroles, le cortége peu nombreux
conduit par le violonneux et formé de couples portant des torches de résine,
traverse la scène dans le chemin élevé au fond. Daniel regarde Marie,
comme attendant ses ordres. Marie est retombée assise.) Non ! non! mes
bras retombent sans pouvoir atteindre mon front... mes yeux
se ferment... malgré moi... Pacifique... mon père... mon...
(Elle s'étend et s'endort.)

DANIEL, se rapprochant*.

Elle dort... chère Marie! (Après un temps.) La nuit est douce...
mais la fraîcheur peut venir. (Il se dépouille de son habit et en couvre
Marie. Il reste à genoux auprès d'elle et la regarde avec tendresse, tandis
qu'un rayon de lune éclaire la jeune fille.) Repose, mon cher amour,
repose, ma fiancée... ma femme!

MARIE, rêvant.

Mon Daniel!

---

* Daniel, Marie.

DANIEL, heureux[*].

Elle a dit... (Il se penche doucement sur elle pour l'embrasser.)

MARIE, balbutiant.

Travaillez l'un pour l'autre... aimez-vous... resp...

DANIEL, se redressant.

L'enfant a dit aussi : Respectez-vous! (Il tombe à genoux près de Marie, le violon de Pacifique se perd dans la forêt ; trois heures sonnent au loin.)

[*] Marie, Daniel.

Le rideau baisse.

ACTE QUATRIÈME

SIXIÈME TABLEAU

Le moulin maudit.

L'habitation d'Hervin, le meunier. — Une chambre rustique dans l'intérieur du moulin. — Porte au fond ouvrant sur une sorte de passerelle visible au public et conduisant du moulin à la terre; porte et petit pont semblables dans le pan coupé de droite, et menant aux saules qui bordent la rive. Dans le pan coupé de gauche, une fenêtre à baie assez large, pa^r laquelle on aperçoit la rivière et la roue mouvante du moulin; puis, de l'autre côté de la rivière, la campagne. Au premier plan à gauche, une porte conduisant à la chambre de Marie; à droite une autre porte conduisant dans l'intérieur du moulin. Du même côté une cheminée. Mobilier modeste. Un grand fauteuil à dossier élevé, sur la droite.

SCÈNE PREMIÈRE

PACIFIQUE, MARIE.

Au lever du rideau, Marie, étendue dans le fauteuil, semble dormir d'un sommeil agité. Pacifique est assis devant l'âtre, sur un escabeau. La journée est près de finir, à de longs intervalles quelques éclairs, et de temps en temps, loin, bien loin encore, un sourd grondement de tonnerre. Après un moment de silence, Pacifique se lève et va près de Marie.

PACIFIQUE, à lui-même.

Comme elle est pâle! et quel sommeil agité! c'est le souvenir qui la tue! depuis deux mois elle dépérit... chaque jour semble accroître son découragement et sa douleur, et je ne puis rien pour elle! (Se levant, puis se penchant sur Marie.) Des larmes!... jusque dans son sommeil!... (Avec douleur.) Pauvre Marie!

MARIE, rêvant.

Mon père!

PACIFIQUE, avec un mouvement de terreur.

Ah! (Il recule.)

MARIE, s'éveillant.

Ah! c'est vous! je m'étais endormie... je rêvais de lui, mon père!

PACIFIQUE, pour cacher son émotion a été prendre une tasse à la cheminée, la présentant à la jeune fille.

Tiens, bois, chère enfant, cela te calmera.

MARIE, prenant la tasse.

Merci... Que vous êtes bon! Tout le monde me fuit! Tout le monde a peur de la fille du meunier Hervin; vous, vous êtes toujours-là, près de moi, pour me consoler, pour m'aimer; sans vous, ils m'auraient chassée du pays, et je n'aurais pas même la consolation d'aller pleurer sur la tombe de mon père.

PACIFIQUE, avec des larmes.

Grâce, Marie!

MARIE, étonnée.

Grâce! je vous déchire le cœur?... Ah! pourquoi Dieu ne m'a-t-il pas réunie à mon malheureux père, (D'une voix sourde.) puisque ma vie ne peut qu'affliger celle des autres...

PACIFIQUE.

De quel ton tu as dit cela?... de quels autres veux-tu donc parler?

MARIE.

Moi... je... je... (S'arrêtant tout à coup et éclatant en sanglots.) Ah! que je suis malheureuse!

PACIFIQUE.

Marie! (Après un silence.) Marie, il me semble sentir que tu as un secret pour moi.

MARIE, troublée.

Un secret, moi!... non! non! (En ce moment l'orage se rapproche et gronde autour du moulin, Marie reprenant à voix basse.) Entendez-vous!... comme le vent mugit!... On dit que dans la plainte du vent, lorsque l'orage gronde, on entend aussi le désespoir des morts... Voulez-vous prier avec moi, mon père, pour mon père qui n'est plus!...

PACIFIQUE, pâlissant.

Oui, oui, je vais prier. (Marie est tombée agenouillée, Pacifique s'agenouille à demi.)

MARIE, à haute voix priant.

« Dieu clément! pardonnez à mon père s'il a été coupable, et, s'il était innocent, permettez, mon Dieu, que l'heure de la justice sonne pour sa mémoire! » (A Pacifique.) Répétez, mon ami!

PACIFIQUE, répétant.

« Permettez, mon Dieu, que l'heure de la justice sonne
pour sa mémoire. » (Pause) Ah! quelqu'un! (Il se lève précipitamment, Fifrelin paraît, Marie se relève à son tour.)

SCÈNE II

PACIFIQUE, FIFRELIN, MARIE, puis AGNÈS.

FIFRELIN, entrant.

Qué nom d'un nom! quel temps!

PACIFIQUE, à demi-voix.

Eh bien! Fifrelin?

FIFRELIN, de même.

Eh bien! père Baudimont, monsieur le bailli est revenu.
Il vous attend chez lui.

PACIFIQUE.

Merci. (Il entre à droite.)

FIFRELIN, criant.

Prenez votre manteau, père Pacifique (Revenant à Marie.) Et
la santé, mademoiselle Marie? encore un peu pâlotte, oui,
mais ça s' passera bientôt, ça! (Ecoutant.) Ah bon!

LA VOIX D'AGNÈS, en dehors fredonnant.

J'ai perdu mon serviteur,
J'ai perdu tout mon bonheur.

FIFRELIN, reprenant.

C'est l'Alouette, c'est ma femme. J' suis ici, faut qu'alle y
vienne... que j' m'en retourne, all' s'en r' tournera, et c'est
comme ça, qué nom d'un nom! depuis la fête des Innocents.

AGNÈS, entrant *.

Bonjour ici, et... tenez, Marie, voilà pour vous, une bonne
p' tite potion.

MARIE.

Merci, mon amie.

FIFRELIN.

C'est une *portion* qu'on dit!

AGNÈS.

T'es donc là, toi, mon homme; j' t'avais pas vu il y a
longtemps;

FIFRELIN.

Trois quarts d'heure.

* Fifrelin, Agnès, Marie.

AGNÈS, à Marie.

J' vas vous préparer ça, moi-même, et après la formule, comme ils disent. Vous n'aurez plus qu'à boire. (Elle s'approche de la cheminée, Pacifique ressort de la chambre, il est prêt à partir, il tient un petit sac de cuir à la main.)

PACIFIQUE, à part.

Allons, encore une somme comme celle-ci, et le bailli pourra me rendre ce fatal papier... Et Valentin n'aura plus rien à craindre.

AGNÈS.

Bonjour, père Pacifique !

PACIFIQUE.

Bonjour, mon enfant, et adieu.

MARIE, vivement.

Mon père, je vais vous accompagner jusqu'au bout du pont.

PACIFIQUE.

Viens, mon enfant!

MARIE, à part.

De là on découvre au loin. Je verrai si Daniel arrive. (Haut.) Je suis à vous, mon père.

FIFRELIN, s'asseyant.

Moi, je vous demanderai permission de me reposer quatre minutes.

PACIFIQUE.

A ton aise, mon garçon ! et au revoir.

FIFRELIN.

Merci.

AGNÈS.

Au revoir, Marie ! au revoir, M. Baudimont! (Celui-ci s'éloigne par le fond avec Marie.)

SCÈNE III

FIFRELIN, AGNÈS.

AGNÈS, seule en rangeant autour d'elle tandis que Fifrelin s'allonge dans le fauteuil.

Il y avait une bergère
Qui d' la pointe d' sa houlette
Picotait les amoureux.

FIFRELIN.

Ah! qu' c'est bon, un vieux fauteuil! comme c'est donc

bon! (Agnès s'approche de lui tout doucement par derrière, la bouche en avant comme pour l'embrasser, il continue.) Tu ne chantes plus, Agnès? si tu t'en allais, hein? (Agnès s'arrête en faisant la grimace.) Il va pleuvoir, bien fort, bien fort; tu seras bien mouillée, bien mouillée! et ma petite Alouette attrapera un gros rhume.

AGNÈS *.

Que j'm'en aille sans vous?

FIFRELIN, se détirant.

Dam! moi, Agnès, je suis occupé.

AGNÈS.

Occupé à vous dorloter quand vot' devoir vous appelle...

FIFRELIN.

Oui, y m'appelle, mais j'entends pas.

AGNÈS.

Parce que vous êtes un grand paresseux.

FIFRELIN, s'allongeant.

Pas assez grand. J' veux encore grandir.

AGNÈS.

Et quéque' j'ai appris? Vous avez encore offert votre démission?

FIFRELIN.

Oui, madame; je n' sais pas si l' bailli s' lass'ra d' la r'fuser, mais j'sais bien que je n'me lass'rai pas de l'y offrir.

AGNÈS.

Pourquoi donc être?

FIFRELIN.

Rien du tout, ça suffit à mon ambition. Puisque l' sort continue à m' persécuter; puisque j' suis acoquiné au malheur, c'est une idée qu'j'ai de n' plus rien faire entre mes repas.

AGNÈS.

Mais si tu quittes ta place, tu ne gagneras plus rien.

FIFRELIN.

J' gagnerai d' l'embonpoint.

AGNÈS.

Et tu ne rougiras pas d'être nourri par ta femme.

FIFRELIN.

Si all' m' nourrit bien? non... C' qui est humiliant, c'est la mauvaise nourriture.

* Agnès, Fifrelin.

AGNÈS.

Mais l'avenir de tes pauvres enfants?

FIFRELIN, noblement.

Mon Dieu, madame... Ous qu'y sont mes enfants! nous n'en avons pas, nous n'en aurons peut-être jamais.

AGNÈS.

Jamais! (Fondant en larmes.) Ah! c'est moi qu'en ai, du malheur, d'aimer (Montrant Fifrelin.) tant tout ça... ces yeux, ces joues, ce nez, ce museau. (Elle lui relève le menton avec une gifle.)

FIFRELIN, mettant la main sur son sabre et se levant.

Madame!

AGNÈS.

Non! non! ça m'a échappé... c'est ça que j' voulais dire. (Elle l'embrasse.)

FIFRELIN.

Vous ne l' méritiez pas... mais d' peur qu'il vous échappe encore quelque chose, je vas faire ma ronde. (A part.) ou rentrer.

AGNÈS.

J' vas avec toi.

FIFRELIN.

Mais vous n'êtes pas garde champêtre!

AGNÈS.

Ah! voilà Marie.

SCÈNE IV

LES MÊMES, MARIE.

MARIE à part, en entrant.

J'ai aperçu Daniel là-bas au détour du chemin, dans un instant il sera ici, comment faire? (Elle regarde Agnès et Fifrelin.)

AGNÈS.

Partons Fifrelin, partons, mon ami!

FIFRELIN *.

Allons venez! vous porterez mon sabre.

AGNÈS, se ravisant.

Mais... laisser Marie seule! quand l'orage...

MARIE.

Oh! je n'ai pas peur! et puis l'orage va peut-être passer... le tonnerre ne s'entend plus, allez, mes amis, allez!

* Fifrelin, Agnès, Marie.

AGNÈS.

A bientôt alors ! (Elle l'embrasse.) En route, mon homme.

FIFRELIN.

Adieu, mademoiselle Marie !.(En sortant.) J' suis trop aimé, à c' t'heure ! aimé... qu' j'en suis malheureux, qué nom d'un nom ! (Il disparaît avec Agnès par le fond.)

MARIE, regardant du côté de la passerelle de droite.

Le voilà... il était temps. (Daniel entre vivement et court à Marie.)

SCÈNE V

MARIE, DANIEL.

DANIEL.

J'ai su que Baudimont allait chez le bailli, et j'accours, ma chère bien-aimée.

MARIE, tombant dans ses bras.

Enfin, c'est vous ! Il me semblait que je ne devais plus vous revoir.

DANIEL, avec tendresse.

Tu me croyais donc mort, Marie !

MARIE, de même.

Et vous ! Vous m'aimez donc toujours, Daniel ?

DANIEL.

Plus que jamais ! Et les jours que je viens de passer loin de toi, ces jours pleins de tristesse et d'impatience, m'ont fait mesurer encore toute l'étendue de mon amour ! mais la vie a ses exigences : mes fonctions m'avaient appelé au parlement, et il faut que j'y retourne... N'y pensons pas maintenant ! ne soyons qu'à nous, à notre amour, chère fiancée de mon âme?

MARIE.

O mon Daniel !...

DANIEL, la regardant mieux.

Mais... qu'as-tu Marie ! Je te trouve plus pâle encore qu'au jour où je t'ai quittée... Qu'as-tu donc?

MARIE.

Vous le demandez ! ah ! mon ami ! quel fardeau ! quel châtiment que le sentiment continuel de la faute commise ! Avoir été une fille fière et loyale ! et se dire à toute heure, à toute minute ; j'ai perdu l'estime de moi-même, et rien, rien au monde, jamais rien ne pourra plus empêcher cela !

DANIEL, suppliant.

Marie !

MARIE, reprenant.

Et vous, qui savez en conscience que c'est vous qui m'avez perdue, vous bon et loyal cependant, vous devez être bien malheureux !

DANIEL.

Il n'y a plus de malheur, Marie, pour celui que tu aimes ! et je veux qu'il n'y en ait plus pour toi. Tu n'as pas perdu ta pureté en lui donnant mon amour pour gardien. Si l'on te repousse encore, il te restera toujours pour refuge le cœur d'un époux et pour ressource le travail d'un honnête homme !

MARIE, tombant dans ses bras.

Ah ! Daniel que je t'aime. (Pacifique paraît au fond ; en voyant Marie dans les bras de Daniel, il s'arrête sur le seuil avec un mouvement de désespoir ; chancelant, il s'appuie sur la porte et son poids fait du bruit. A ce bruit Marie et Daniel se sont séparés précipitamment.)

SCÈNE VI

LES MÊMES, PACIFIQUE *.

MARIE, à part.

Mon Dieu !

DANIEL, à part.

Était-il là depuis longtemps ?

PACIFIQUE, qui a repris son calme, souriant doucement.

Monsieur Daniel, je vous salue.

DANIEL, s'inclinant.

Mon bon Pacifique. (A part.) Il n'a rien entendu... Tant pis peut-être !... (Haut.) Mes parents et moi nous avons été séparés pendant notre promenade, et... et je pensais qu'ils seraient peut-être venus chercher ici un abri contre l'orage, ma mère en ayant toujours grand'peur...

PACIFIQUE.

Je ne les ai pas vus.

DANIEL.

Je vais donc me remettre à leur recherche... merci, Pacifique, merci. (Saluant.) Mademoiselle Marie. (A part, en sortant.) Oh ! il faut que je la revoie aujourd'hui ! (Il disparaît.)

* Marie, Pacifique, Daniel.

SCÈNE VII

MARIE, PACIFIQUE, puis DUBUCQUOY et MADAME DUBUCQUOY.

Marie lutte avec peine contre le regard de Pacifique qu'elle semble sentir attaché sur elle.

PACIFIQUE, à lui-même.

Non, non !... j'ai rêvé ! c'est une vision ! Et pourtant, Marie si émue !... si tremblante !... Allons, il faut tout savoir ! (Il va à elle, lui prend la main et la regarde sans parler, Marie se trouble davantage, elle détourne les yeux. Il lui dit d'une voix douce :) Marie, au nom de ton père, que je remplace ; Marie, la vérité ? (Marie hésite encore un instant ; puis, n'y tenant plus, elle se jette en pleurant dans les bras du vieillard, avec douleur.) Mon Dieu ! mon Dieu ! mon Dieu ! (Après un silence.) Tu l'aimes ?...

MARIE, relevant la tête.

Et il m'aime aussi, mon père ! Oh! comme il m'aime !

PACIFIQUE.

Oui ! oui ! C'est bien puissant, l'amour ! tu n'as pas su préserver ton cœur !... Mais... mais... ton honneur, Marie ? (Marie se laisse glisser à terre et tombe à genoux devant Pacifique.) Ah ! malheureuse ! malheureuse ! l'honneur aussi! Tout ce qui te restait de ceux qui ne sont plus ! ton dernier bien, ma dernière joie !...

MARIE, suppliante.

Ne m'accablez pas, mon père ! j'étais seule au monde ! Je ne savais pas encore quels trésors d'amour me réservait votre cœur. Lui seul m'aimait alors, et je l'aimais tant... Ne me maudissez pas !

PACIFIQUE, la saisissant dans ses bras.

Te maudire, moi ! oh !... Moi! Pauvre ange de douleur ! (Il la serre sur sa poitrine en regardant le ciel, puis tout à coup, il la quitte et va reprendre son manteau et son chapeau.)

MARIE, étonnée.

Où allez-vous donc ?

PACIFIQUE.

Au château. J'y veux aller aujourd'hui même, sans retard, à l'instant. (Il fait quelques pas, puis s'arrête.) Mais s'ils allaient ne pas vouloir m'entendre, me repousser, me chasser? non ! non ! impossible !

MARIE, qui, haletante, suivait tous ses mouvements.

Mon père !...

PACIFIQUE, avec confiance et fermeté.

Marie, Daniel sera ton époux! à bientôt! (Il donne un dernier baiser à Marie, et va sortir, quand il se trouve avec M. et madame Dubucquoy, qui entrent brusquement par le fond ; on entend alors éclater l'orage, madame Dubucquoy laisse voir la plus grande terreur ; dès son entrée, sans prendre garde à rien, elle va je jeter dans le fauteuil qui est près de la cheminée.)

MARIE, à elle-même en les apercevant.

Dieu ! (Elle se met à l'écart hors de vue.)

PACIFIQUE, de même.

Eux ! eux ! ici !...

DUBUCQUOY, secouant son chapeau.

Par la sambregoy ! c'est donc la fin du monde !

MADAME DUBUCQUOY.

Dans une heure, la route là-bas ne sera plus une route, mais un fleuve, et ce ne sera plus un carrosse qu'il nous faudra, mais un bateau, ah! c'est une fatalité !...

PACIFIQUE, à Marie qui se presse tremblante contre lui.

Courage, mon enfant... et patience !

DUBUCQUOY, remontant la scène *.

Holà ! quelqu'un, le meunier ! le garde-moulin ? n'importe quoi !

PACIFIQUE, s'avançant.

Monsieur, je...

DUBUCQUOY.

Eh ! c'est le bonhomme Pacifique ! où diable sommes-nous donc ici ?

PACIFIQUE.

Dans le moulin d'Hervin...

DUBUCQUOY.

Bah !

MADAME DUBUCQUOY, se levant et avec terreur.

Dans le moulin de... Partons ! je ne veux pas rester ici !

DUBUCQUOY.

Un instant donc, madame ! Est-ce à la nage que nous allons partir ?

MADAME DUBUCQUOY.

Mais je ne veux pas passer la nuit ici, moi ! Croyez-vous que je pourrais dormir sous ce toit maudit ?

---

* Marie, Pacifique, Dubucquoy, madame Dubucquoy.

MARIE, à part.

O mon Dieu !

PACIFIQUE, suppliant.

Madame !... Marie Hervin est là... elle vous entend !

MADAME DUBUCQUOY, se reculant avec horreur.

Elle ici ! Sainte Vierge ! il ne manquait plus que cela !

PACIFIQUE.

Regardez-la, madame ! elle est tremblante, brisée, ne serez-vous pas touchée par ses larmes ?

MADAME DUBUCQUOY, se reculant encore.

Je... je la plains... Je ne lui veux pas de mal, mais...

PACIFIQUE.

Regardez-la donc, madame ! Vous ignorez encore toute l'étendue de son malheur.

MARIE, à part.

Je me soutiens à peine.

MADAME DUBUCQUOY.

Son malheur ! son malheur !

DUBUCQUOY.

Nous n'y sommes pour rien, madame et moi !

PACIFIQUE.

Vous ! non, certes, monsieur ! mais un homme a abusé de l'abandon, de l'innocence de Marie Hervin ; cet homme, c'est M. Daniel Dubucquoy.

DUBUCQUOY.

Mon fils !... vous mentez, monsieur Baudimont !

PACIFIQUE, montrant Marie.

Demandez-lui donc si je mens à cette pauvre fille qui cache sous ses mains sa rougeur et ses larmes.

MADAME DUBUCQUOY.

Elle a raison, si elle est coupable ! les coupables doivent rougir et pleurer !

MARIE, comme malgré elle.

Ah ! vous êtes bien dure, madame !...

PACIFIQUE.

Lequel est donc le plus coupable, de l'homme qui tend le piége ou de l'enfant qui y tombe.

DUBUCQUOY.

Ne philosophons pas ! agissons. Je veux... je veux !...

MADAME DUBUCQUOY.

Vous voulez?

DUBUCQUOY.

Je veux !... je... madame, dites ce que je veux.

MADAME DUBUCQUOY *.

Vous voulez assurer à la malheureuse Marie une rente...
honorable pour que...

PACIFIQUE, d'une voix tonnante.

Madame !

MARIE.

Ah ! c'est trop de honte !

PACIFIQUE.

Mon enfant, redresse la tête. (Il prend la main de Marie et la
conduit devant Dubucquoy qui le regarde d'un air hébété.) Monsieur,
au nom de l'honneur de votre fils, je vous demande la main
de M. Daniel pour mademoiselle Hervin, ma fille.

DUBUCQUOY, retrouvant la parole.

La main de M. Daniel Dubucquoy, pour... Assez ! assez !
Partons, madame, je le veux. (Daniel paraît au fond.)

SCÈNE VIII

Les Mêmes, DANIEL **.

DANIEL, à part.

Mon père !

PACIFIQUE, l'apercevant et parlant à Dubucquoy en lui barrant le
passage.

Si vous partez pour ne pas me répondre, monsieur, votre
fils me répondra. — Monsieur Daniel, voici Marie, que vous
avez séduite... qu'avez-vous à dire ?

DANIEL, très-calme.

J'ai à dire, monsieur Baudimont, que je m'accuse d'avoir
abusé de votre confiance et de l'innocence de votre pupille,
et qu'à vous comme à elle j'en demande pardon... J'ai à dire
que j'aime Marie de toute mon âme, que je lui ai promis
mon nom, et que je tiendrai ma promesse.

MARIE, à part avec joie.

Ah ! comme il m'aime !

PACIFIQUE, serrant la main de Daniel.

C'est bien...

* Marie, Pacifique, madame Dubucquoy, Dubucquoy.
** Marie, Pacifique, Daniel, madame Dubucquoy, Dubucquoy.

DUBUCQUOY.

Et moi, monsieur, j'ai à vous dire que si vous vous déshonorez par ce mariage, je vous déshérite.

DANIEL.

Vous ferez votre volonté, mon père, moi, je ferai mon devoir.

MADAME DUBUCQUOY.

Daniel, ce mariage attirerait sur nous la malédiction du ciel : Songez-y! songez à votre sœur innocente.

DANIEL.

Malgré ses aveux, ma mère, malgré l'opinion, Hervin était innocent peut-être... et...

DUBUCQUOY.

Mais la justice!

DANIEL.

La justice! Songez donc au temps où nous sommes! Le roi Louis XV a dit en mourant : « *Je lègue une révolution à mon successeur.* » Et déjà, mon père, tout est ébranlé... même la justice!

MADAME DUBUCQUOY.

Savez-vous, Daniel, que par cette mésalliance vous pouvez tuer votre père!

DUBUCQUOY.

Et vous, madame, que deviendrez-vous?

DANIEL, allant à madame Dubucquoy.

Vous êtes mère (Montrant Marie.) elle est orpheline! et vous n'avez pas pitié!...

DUBUCQUOY.

Finissons, Daniel, il faut choisir entre votre famille et votre... maîtresse.

DANIEL.

Mon père!... Ah! je deviens fou!... ma mère, je...

MARIE, se jetant entre Daniel et madame Dubucquoy.

Vous avez raison, madame, vous avez raison! (A Daniel avec désespoir.) Daniel, je vous rends votre parole et je vous pardonne... Adieu!... (Elle s'élance dans sa chambre.)

DANIEL, se relevant et courant du côté de Marie.

Marie! Marie!

DUBUCQUOY.

Restez, monsieur, je vous l'ordonne.

DANIEL.

Eh bien! non, non! Je ne sacrifierai pas Marie à votre orgueil, à votre superstition; je ferai ce que je dois; je serai un honnête homme; et mon père ne mourra pas, et Dieu ne me maudira pas...

MADAME DUBUCQUOY.

Daniel! je vous défends...

DANIEL.

Adieu, ma mère, j'ai peur de manquer au respect que je dois à mon père et à vous! Pour ne pas m'y exposer, je pars, adieu! Vous ne me reverrez plus.

M. et MADAME DUBUCQUOY.

Daniel!

DANIEL, avec désespoir.

Je ne puis vivre sans Marie; adieu! (Il sort précipitamment en se croisant avec Valentin qui entrait.)

SCÈNE IX

LES MÊMES, VALENTIN *.

VALENTIN, à part en le regardant s'éloigner.

Qu'ai-je entendu là?...

DUBUCQUOY, au paroxysme de la colère.

Ah! c'est ainsi! Eh bien! nous verrons!

PACIFIQUE, à part avec découragement.

Son père le convaincra tôt ou tard, et Marie est perdue!

DUBUCQUOY, même jeu.

Mort de ma vie! il ne sera pas dit que nous aurons été joués par cette vagabonde, cette fille perdue qui...

PACIFIQUE, qui peu à peu a dressé l'oreille, se relevant tout à coup.

Monsieur **, vous êtes ici chez Marie Hervin, et c'est en son nom que je vous dis de sortir!

VALENTIN, s'élançant.

Mon père!

DUBUCQUOY, fou de rage.

Il me chasse! moi, chassé par cet homme!

MADAME DUBUCQUOY.

J'en mourrai de honte!

* Pacifique, Valentin, madame Dubucquoy, Dubucquoy.
** Valentin, Pacifique, Dubucquoy, madame Dubucquoy.

VALENTIN.

Mon père, vous avez osé...

DUBUCQUOY, de même.

Oui, oui, il a osé... il me chasse, moi! et pour cette fille,
cette Marie! Ah! cette fois, monsieur... ne vous en prenez
qu'à elle... tout est bien rompu entre nous à jamais!

VALENTIN.

Monsieur, de grâce!

DUBUCQUOY, appelant.

Justin, Jérôme!

MADAME DUBUCQUOY, à Valentin.

Nous ne devons plus nous revoir, monsieur! vous le comprenez bien! (Depuis quelques instants, le tonnerre et les éclairs ont
redoublé. A ce moment un violent coup de tonnerre éclate et le moulin
tremble dans un craquement formidable. En même temps une des portes
du fond se détache, tombe et laisse voir un ciel effrayant.)

JÉRÔME, paraissant au fond.

Ah! mes chers maîtres, vous êtes donc ici! La voiture
vous attend.

DUBUCQUOY.

Partons!

VALENTIN, à madame Dubucquoy.

Madame!

MADAME DUBUCQUOY

Partons!... (En sortant.) Ah! la fille du meunier Hervin
devait porter malheur! (Elle s'éloigne avec Dubucquoy. Pacifique est
tombé accablé, Valentin est dans une grande agitation. La nuit vient
maintenant avec rapidité.)

SCÈNE X

PACIFIQUE, VALENTIN, puis MARIE.

VALENTIN, à part.

Sort maudit! (Après un temps.) Voir s'écrouler en une minute tous mes plans, toutes mes espérances! Non!... —
Je ne renonce à rien! Marie est le seul obstacle... Eh!
bien... (Après un temps allant à Pacifique.) Mon père, écoutez-moi!
Vous m'aimez, n'est-ce pas, mon père?

PACIFIQUE, avec amertume.

Je croyais vous l'avoir prouvé.

VALENTIN.

Je viens vous demander de me le prouver encore.

6

PACIFIQUE.

Encore ?

VALENTIN.

Vous devez comprendre, mon père, qu'il faut une réparation à M. Dubucquoy ; que faute de cette réparation... sa maison m'est à jamais fermée, et je dois renoncer à mon espoir, à mon amour !...

PACIFIQUE, amèrement.

Ton amour !

VALENTIN.

Je le répète donc! Il faut à M. Dubucquoy une réparation éclatante. C'est à cause de Marie Hervin, qu'ici, tout à l'heure il a été insulté : Marie Hervin quittera cette maison, le pays même, aujourd'hui, sur-le-champ !

PACIFIQUE.

Mais il y a une difficulté : Marie est chez elle, car ce moulin lui appartient.

VALENTIN, vivement.

Vous vous trompez, mon père. Ce moulin appartient aux héritiers des créances de Léonard, ils viendront demain le saisir.

PACIFIQUE, après avoir regardé longuement son fils.

Ah!... Mais alors, puisque Marie doit sortir de cette maison demain, à quoi bon la chasser aujourd'hui?

VALENTIN.

Eh! mon père, vous feignez de ne me point comprendre... Il ne suffirait pas à M. Dubucquoy que cette fille quittât cette masure. Il ne faut pas qu'il puisse la rencontrer... il faut qu'il sache bien...

PACIFIQUE, même jeu.

Que nous l'avons chassée? oui, j'entends à présent... Mais... à ce prix, es-tu bien sûr, au moins, que tu rentrerais en grâce auprès du père de celle que tu aimes?

VALENTIN.

Je l'espère.

PACIFIQUE, dont la colère, sourde d'abord, doit grandir peu à peu.

Es-tu bien sûr d'être mon fils, Valentin?

VALENTIN.

Que signifie?

PACIFIQUE.

Cela signifie que voilà bien des fois que j'en doute, moi ! Du reste, vois-tu, Valentin. (D'un ton singulier.) Ce serait peut-être un grand bonheur pour tous les deux si...

VALENTIN.

Que voulez-vous dire?

PACIFIQUE.

Je veux dire, Valentin, qu'il n'y a qu'un lâche qui puisse avoir la pensée de chasser une femme, surtout lorsqu'il sait bien que cette femme se laissera chasser.

VALENTIN.

Mon père!

PACIFIQUE.

Mais songes-y donc, Valentin! Cette pauvre enfant, si nous l'abandonnons, qui l'adoptera? Est-ce que tu pourrais manger et dormir, toi, en songeant que l'orpheline que ton père avait recueillie, meurt peut-être dans quelque coin, de désespoir, de faim et de misère?

VALENTIN, avec colère.

Mon père! Finissons!

PACIFIQUE.

Ah!... je te connais bien maintenant, double face d'ambitieux et de traître! (S'arrêtant.) Tiens!... va-t'en, va-t'en!...

VALENTIN.

Ah! c'est ainsi! Eh! bien... non! ce n'est pas moi qui sortirai, c'est elle qui partira.

PACIFIQUE, d'une voix sourde.

Prends garde, Valentin !... Prends garde!

VALENTIN.

Laissez-moi passer, mon père! (En ce moment, Marie sans être vue, cachée qu'elle est par Pacifique qui est devant la porte, sort de sa chambre ; elle écoute, puis vient peu après tomber derrière le grand fauteuil qui la masque tout entière, Valentin continuant *.) Une dernière fois, je vous le dis, l'enfant du meurtrier doit être chassé.

PACIFIQUE, fou de fureur et d'une voix terrible.

L'enfant du meurtrier! alors ce n'est pas elle qui doit partir : c'est toi.

MARIE, d'une voix étouffée, pâle de terreur.

Ah !

VALENTIN.

Moi !

PACIFIQUE, continuant.

Toi! car l'enfant du meurtrier, c'est toi !

VALENTIN.

Vous devenez fou, mon père !

* Marie, Valentin, Pacifique,

PACIFIQUE.

Non, non, je ne suis pas fou ! C'est moi, entends-tu, moi
qui ai tué Léonard, pour toi, misérable, pour toi, faussaire.
(En ce moment, Marie tombe évanouie derrière le fauteuil, sans un cri
sans un mouvement.)

VALENTIN *, éperdu et lui mettant la main sur la bouche.

Taisez-vous ! taisez-vous. (A lui-même avec épouvante.) Si
on l'entendait ! heureusement que personne... (En remontant
vers le fond il aperçoit Marie.) Ah ! Elle ! Elle ! elle sait maintenant la vérité !... Et Daniel !... il n'a pas dû s'éloigner, ou
il a dû revenir... Oh! voyons ! (Il s'élance au dehors. La pluie et
le vent redoublent et la nuit s'épaissit toujours, Pacifique est tombé épuisé
dans le fauteuil dont il s'est rapproché peu à peu et derrière lequel Marie
est évanouie.)

SCÈNE XI

PACIFIQUE, MARIE.

Un instant après la sortie éperdue de Valentin, on voit Marie, qui peu à peu
a repris ses sens, se relever avec peine. Un moment elle semble ne se souvenir de rien, mais en redescendant la scène et en reconnaissant Pacifique,
on voit que la mémoire lui revient. Elle pousse un cri terrible en reculant
devant le vieillard.

MARIE.

Ah !

PACIFIQUE, se relevant.

Elle était là ! elle a tout entendu !... Oh ! comme elle me
regarde. (Marie va lentement lui prendre la main et la soulève avec
horreur.)

MARIE, à elle-même.

J'ai mis mes lèvres là ! (Laissant retomber la main.) Ah !...
c'est épouvantable !

PACIFIQUE, à genoux.

Grâce !...

MARIE, avec un calme terrible.

C'est épouvantable !

PACIFIQUE, se traînant à ses pieds.

Grâce ! Pitié! la maladie m'avait ôté la raison ! quand je
l'ai recouvrée il était trop tard ; Grâce ! Pitié, malheureuse
enfant ! veux-tu que je me livre pour réhabiliter ton père ?...
parle ! je me livrerai; je te le jure !

* Pacifique, Marie, Valentin,

MARIE, éclatant tout à coup en sanglots.

Et l'on vous tuera aussi !... Mais votre mort ne me le rendra pas, mon père ! et je ne veux pas que l'on vous tue, moi !...

PACIFIQUE, avec désespoir.

Que veux-tu donc que je fasse ?

MARIE, égarée.

Eh ! le sais-je, moi ! Demandez à Dieu !

PACIFIQUE, tendant ses mains vers elle.

Marie !

MARIE, reculant vers le fond.

Mais ne me touchez pas ! ne me retenez pas ! je ne peux plus vivre sous le même toit que celui qui a fait mourir deux hommes !... adieu ! adieu !..

SCÈNE XII

VALENTIN, MARIE, puis PACIFIQUE.

A l'instant où Marie va sortir par le fond, un craquement horrible se fait entendre et l'on doit croire que le moulin va s'écrouler. On voit la passerelle du fond emportée violemment par l'eau qui monte, furieuse.

PACIFIQUE *, se précipitant pour empêcher Marie de sortir.

Marie, ne sortez pas ! c'est l'inondation ! c'est la mort ! (Il sort lui-même de ce côté comme pour aller voir au dehors. On le voit disparaître, en se retenant aux charpentes du moulin que l'eau respecte encore.)

MARIE, d'un accent désespéré.

Mais je ne peux plus rester ici ! (Elle va pour s'élancer par la porte avec petit pont qu'il y a dans le pan coupé de droite. Elle se trouve en face de Valentin pâle et effaré.)

VALENTIN, la reconnaissant à la lueur d'un éclair.

Elle ! (Lui saisissant le poignet et la ramenant en scène.) Encore toi ! toujours toi ! (A lui-même avec égarement.) L'inondation, l'inondation !... Dans une minute la rivière voisine aura débordé, la fuite sera devenue impossible ! (A Marie.) Et tu voulais fuir, toi, maudite !

MARIE, épouvantée par l'accent et le regard de Valentin.

Voulez-vous me tuer ? je suis prête.

VALENTIN.

Te tuer ! ah ! je le devrais, ma foi ! je ne craindrais plus rien. (A part avec une résolution terrible.) C'est elle-même qui se condamne ! il faut qu'elle reste ici !

* Pacifique, Marie.
** Valentin, Marie, Pacifique.

PACIFIQUE, *reparaissant à la porte par laquelle il est sorti.*

Impossible de fuir par là ! (*Se retournant.*) Valentin ! pourquoi es-tu revenu, malheureux ?

VALENTIN, *balbutiant.*

Mais... pour vous emmener d'ici, mon père ! (*Montrant la passerelle de droite.*) Le passage de ce côté est encore possible, partez, mon père, partez vite * !

PACIFIQUE.

Et toi ?

VALENTIN.

Je vous suis.

PACIFIQUE.

Et Marie ?

MARIE, *avec désespoir.*

Oh moi !...

VALENTIN.

Mais chaque parole fait avancer la mort ! Plus de retard, mon père ! partez ! je vous en conjure !

PACIFIQUE.

Je ne m'en irai pas sans Marie.

VALENTIN.

Eh bien... eh bien !... je l'emporte moi-même ! (*Il prend vivement Marie dans ses bras.*)

MARIE, *se débattant en vain.*

Laissez-moi ! laissez-moi !

VALENTIN.

Il le faut ! Allez, mon père, je marche sur vos pas.

PACIFIQUE.

Partons alors ! (*Il sort le premier par la droite, suivi de Valentin qui porte Marie dans ses bras. Mais dès qu'on ne voit plus Pacifique, Valentin revient brusquement, il va vers la chambre de Marie qu'il ouvre d'un coup d'épaule et il va y jeter Marie quand Pacifique reparaît terrible, effrayant.*) Misérable ! tu voulais la laisser ici !... j'y reste aussi, moi ! tu nous auras tués tous les deux !

VALENTIN, *épouvanté.*

Non ! non ! venez mon père, venez !

PACIFIQUE **.

Marie... (*Il va pour prendre lui-même dans ses bras Marie qui recule devant lui avec terreur.*)

* Marie, Valentin, Pacifique.
** Marie, Pacifique, Valentin.

MARIE.

Non! non! c'est trop! je veux mourir!... (Un nouveau craquement, plus affreux encore, annonce l'écroulement du moulin. La passerelle
de droite est emportée.)

VALENTIN.

La passerelle emportée! Le dernier espoir de salut! (Tout un
pan de la cloison qui clot le moulin disparaît dans l'eau et laisse voir la
campagne inondée.

PACIFIQUE, debout, entre Marie et Valentin à ses pieds.

Eh bien!... nous mourrons ensemble!

(Le rideau baisse.)

ACTE CINQUIÈME

SEPTIÈME TABLEAU

La vérité.

Un salon de campagne modestement meublé et dont les fenêtres, au fond, s'ouvrent sur le village. Portes latérales. A gauche, une haute et vieille cheminée d'autrefois avec du feu.

SCÈNE PREMIÈRE

CHOPIN, CHARLOTTE, JEAN BRULÉ, MATHIAS AGNÈS, LES PAYSANS.

MATHIAS.

Eh bien ! mes enfants ! en voilà une d'inondation ! que depuis trois jours, c'est seulement aujourd'hui que les eaux se retirent.

JEAN BRULÉ.

Y en a des ruines !

CHOPIN.

C'est ça, des malheurs !

CHARLOTTE.

Heureusement encore que tout compte fait, on ne cite pas de victimes !

AGNÈS.

Comment !... Mais on n'a pas revu le père Baudimont ! ni la pauvre Marie, ni ce brave M. Daniel, qui s'a exposé, à ce qu'on raconte, pour les sauver.

CHOPIN.

Mais rien ne dit encore qu'ils soient morts !

MATHIAS.

Rien ne le prouve, non ! mais trois grands jours sans les revoir malgré tant de recherches, c'est inquiétant !

CHARLOTTE.

Pauvre père Baudimont !

TOUS.

Pauvre père Baudimont !...

MATHIAS.

Pauvre M. Daniel !

AGNÈS.

Pauvre Marie !... (Court silence.)

JEAN BRULÉ *.

Ah ! ça, petite Agnès, vous avez l'air ici comme chez
vous ! pourquoi donc que nous vous trouvons comme ça
établie au bailliage ?

AGNÈS.

Je suis venue refaire des points par ci par là au linge de
table de M. Averlon, et donner un coup de main chez lui.
Ces vieux garçons qui ne sont point mariés, voyez-vous, il
leur manque toujours quelque chose.

MATHIAS.

Il leur manque une femme, pardi !

AGNÈS.

Et pour lors, M. le bailli m'a emprunté à madame
Dubucquoy à cause du repas qu'il offre aujourd'hui après la
cérémonie, à l'intendant de la province, aux notables d'nos
pays, aux...

CHARLOTTE.

Mais qu'est-ce que c'est donc que la cérémonie? j'en
entends parler à tous les hommes ! et voilà le mien qui
n'veut pas me dire c'que c'est !

CHOPIN.

C'est qu'il l'ignore, Charlotte !

MATHIAS.

Ce qui fait qu'y n'sait pas.

CHOPIN, JEAN BRÛLÉ et LES PAYSANS.

Qu'est-ce que c'est enfin ?

MATHIAS.

J'vas vous le dire, mes enfants, parce que, moi, sequeurtaire du bailli, j'dois savoir ça, pas vrai?... (Il se gratte un
instant le front, puis apercevant Averlon qui est entré depuis un moment.)
Mais, tenez, le v'là, M. le bailli ! il va vous dire l'reste.

* Charlotte, Chopin, Mathias, Jean, Agnès.

SCÈNE II

LES MÊMES, AVERLON, puis FIFRELIN.

AVERLON [*].

C'est mon devoir, mes amis. Écoutez-moi donc. La situation politique de la nation ne s'est pas améliorée depuis la dernière réunion des notables. On a décidé de réunir en assemblée générale les trois ordres de l'État, représentés par des mandataires. Nous avons à nommer dans ce pays, nous, un mandataire du troisième ordre, du tiers-état ; et aujourd'hui, ici même, nous devons choisir un homme assez honnête, assez capable pour être proposé à ce mandat.

VOIX DIVERSES.

Ah ! ah ! c'est bien, ça ! C'est beau !

AVERLON.

Eh bien ! mes amis, qui désigneriez-vous, vous autres, entre les hommes que vous connaissez le mieux ?...

MATHIAS.

Monsieur le bailli, quand il faut parler, les gens de Saint-Waast me laissent faire, moi qui suis le plus vieux. Je parle donc, sûr que je ne serai pas démenti... Monsieur le bailli, si le manque de fortune n'est pas un empêchement ; celui qui est le plus digne du mandat... plein d'honneur dont vous parlez, c'est Pacifique, c'est Baudimont, c'est le ménétrier de Saint-Waast !

TOUS.

Oui, oui ! c'est le père Pacifique ! c'est Baudimout !

AVERLON.

Vous avez raison, mes amis, il ne faut plus voir ici dans Baudimont le ménétrier, mais le cultivateur, l'ami de la terre, le paysan laborieux, intelligent, honnête, le véritable homme du tiers enfin !

TOUS.

C'est ça ! c'est ça !

FIFRELIN [**], qui est entré par le fond il y a un instant et qui s'est tenu à l'écart.

Oui, c'est ça ! oui Pacifique serait bien l'homme qu'il faut ! mais... vit-il encore, le père Pacifique ?...

AVERLON.

Fifrelin ! Eh bien, mon garçon ? as-tu été plus heureux dans tes recherches ? As-tu recueilli un bruit, une trace, quelque chose enfin ?

[*] Chopin, Charlotte, Averlon, Mathias, Jean, Agnès.
[**] Chopin, Charlotte, Fifrelin, Averlon, Jean, Agnès.

FIFRELIN, tristement.

Rien ! qué nom d'un nom ! rien !

LES PAYSANS, d'un ton dolent.

Ah ! mon Dieu ! mon Dieu !

AVERLON.

J'aurais donc perdu mon vieil ami ! (A lui-même, mais observé par Agnès qui vient vers lui *.) Eh bien, non ! non ! Je ne puis me résigner à le croire ! Je ne sais quoi me dit que Pacifique est vivant !

AGNÈS, à demi-voix.

C'est comme moi, tenez, not' bailli ! On a des idées comme ça et ça ne vous trompe guère !... Mais cette pauvre petite Marie ?...

AVERLON.

Marie ?... (En s'écartant un peu des paysans il parle bas à Agnès.)

CHOPIN, reprenant haut dans le groupe au milieu duquel il parlait bas.

Pauvre Pacifique ! ça devait lui porter malheur d'avoir adopté cette Marie maudite !

PLUSIEURS PAYSANS.

Oui ! certainement !

AGNÈS, revenant à eux, après un signe d'intelligence à Averlon.

Voulez-vous vous taire une bonne fois ! avec votre méchant r'frain ! Voulez-vous que j' vous dise, moi ? c'est pas Marie qu'est cause d' la mort du père Baudimont...

CHARLOTTE.

Qui donc qu' c'est ?

AGNÈS *.

C'est mon homme, c'est Fifrelin !

FIFRELIN.

Moi !

AGNÈS.

Oui, vous. L' jour de l'inondation, quand nous sommes sortis du moulin, si vous n'auriez pas voulu rentrer chez nous pour vous garer d' la pluie, si vous auriez fait vot' tournée ordinaire et suivi l' bord de l'eau, vous qui nagez comme un poisson, vous auriez pu sauver l' père Pacifique quand l' moulin l'a emporté ! Vous n'y avez pas tant seulement pensé ! et notre ami à tous, nous ne l' voirons peut-être plus !

AVERLON.

Il y a du vrai, Fifrelin, dans c' qu'elle dit là !...

* Chopin, Charlotte, Fifrelin, Jean, Averlon, Agnès.
** Chopin, Mathias, Fifrelin, Agnès, Averlon, Charlotte, Jean.

FIFRELIN, tristement.

Oui, monsieur le bailli !

MATHIAS.

Il avoue, tenez !

FIFRELIN.

Eh bien, oui, j'avoue. Est-ce que je fais quelque chose de bien, moi ! Est-ce qu'il me tombe jamais rien de bon, à moi ! Est-ce que je ne suis pas le Benjamin du malheur, moi ! Voyons, qu'est-ce qui va m'arriver à présent ?

AVERLON.

Fifrelin, tu m'as souvent offert ta démission de garde champêtre.

FIFRELIN.

Et je vous l'offre toujours.

AVERLON.

Je l'accepte.

FIFRELIN, saisi.

Ah ! quel effet ça me fait...

TOUS.

Le bailli fait bien, il fait bien !

AVERLON.

Demain, vous pourrez quitter votre baudrier.

FIFRELIN.

Dégradé !... devant ma femme !... ah !...

AVERLON.

En attendant, aujourd'hui, allez avertir tout le monde qu'on se réunit ici à quatre heures, allez !

FIFRELIN.

J'y vas ! (A part en sortant.) Il me pousse comme des idées de suicide *!

AVERLON, comme se rappelant.

Ah ! Agnès, j'ai recueilli quelques malheureux, des pauvres gens chassés par l'inondation... En ce moment ils reprennent des forces : ils mouraient de faim. Vas les chercher et amène-les ici, ils se chaufferont à ce feu...

AGNÈS.

Oui, monsieur le bailli, mais... (Regardant au fond.) Voici madame Dubucquoy... Un peu de silence, vous autres.

MATHIAS.

La pauvre dame a peut-être perdu son fils !

* Chopin, Mathias, Charlotte, Averlon, Jean, Agnès.

AVERLON.

Elle s'appuie sur le bras de Valentin. Des égards aussi pour lui, mes amis !

AGNÈS.

Le pauvre garçon a peut-être perdu son père ! (Elle sort par la gauche.)

SCÈNE III

LES MÊMES, MADAME DUBUCQUOY, et VALENTIN.

MADAME DUBUCQUOY, elle est habillée de couleurs sombres ; à sa vue, on s'écarte avec respect et il se fait un grand silence.

Bonjour, cher monsieur Averlon ! Bonjour, mes amis, je suis contente de trouver tant de monde ici ! Il y en a peut-être parmi vous qui peuvent me donner quelques nouvelles se rattachant à mon fils. (Silence.) O mon Dieu !

AVERLON.

Ne pleurez pas, madame, et ne vous désespérez point. M. Daniel a pu être rappelé au siége du Parlement et s'être vu forcé de partir sans avoir le temps de vous faire ses adieux * !...

MADAME DUBUCQUOY.

Non ! non ! Ce n'est pas cela !... c'est plutôt un châtiment que Dieu nous inflige...

AVERLON, se récriant.

Un châtiment !

MADAME DUBUCQUOY.

Oui ! oui ! car nous avons été bien durs avec Daniel ! Nous l'avons cruellement blessé dans son amour !... Ah ! que ne ferais-j pas aujourd'hui pour le revoir !... Que n'accorderais-je pas !... (Un silence pendant lequel on voit rentrer Agnès conduisant les pauvres gens recueillis par Averlon. Les faisant passer derrière les paysans, elle les amène à la haute cheminée devant laquelle elle les fait asseoir, tournant le dos à ceux qui sont en scène et ne prenant aucune part à ce qui suit. Puis, elle revient sur le devant de la scène **.) D'heure en heure mon inquiétude augmente ! Je ne puis rester au château qui me semble vide et désolé depuis qu'on a peur de n'y plus revoir mon fils. Je vais çà et là, interrogeant tout le monde, c'est ainsi que j'ai rencontré monsieur Valentin, qui m'a soutenue jusqu'ici !... avec lui

* Chopin, Mathias, Charlotte au fond, madame Dubucquoy, Valentin, Averlon, Jean.

** Madame Dubucquoy, Averlon, Valentin, Agnès et les autres au fond.

aussi j'ai peut-être été cruelle... comme avec mon fils... Ah ! quel châtiment !

VALENTIN.

Du courage, madame !... Ah ! il m'en faut aussi, à moi !

AGNÈS, bas.

Elle a du bon, madame, dans le fond ! et ça remonte au-dessus avec ces événements !

AVERLON.

Espérez encore, madame, espérez !

MADAME DUBUCQUOY, avec désespoir.

O mon Daniel ! mon enfant !

DANIEL, entendu avant d'être vu.

Ma mère ! ma mère ! me voilà !

SCÈNE IV

LES MÊMES, DANIEL *.

MADAME DUBUCQUOY.

Ah ! mon enfant ! c'est toi ! c'est toi ! (Embrassements.)

DANIEL.

Je reviens du château. J'ai rassuré mon père qui m'a dit... (Il continue bas.)

MATHIAS, et les PAYSANS.

Ah ! en voilà un toujours ! Bien content de vous revoir, monsieur Daniel !

AGNÈS **.

Monsieur Daniel, faut que je vous embrasse aussi, moi !

DANIEL.

Chère petite !

MADAME DUBUCQUOY.

Et... as-tu quelque nouvelle de... de Marie Hervin, Daniel ?

DANIEL.

Oh ! merci, ma mère !... Marie est sauvée, elle est...

AGNÈS, bas, en lui serrant la main.

Ne dites pas qu'elle est ici ! On lui en veut toujours ! (Haut.) Il ne l'avouerait pas, mais je le sais, moi, c'est lui qui l'a sauvée, Marie. Faut pas croire M. Daniel aussi bête que vous tous, dà !

---

* Averlon, madame Dubucquoy, Daniel, Agnès, Mathias, Valentin.

** Madame Dubucquoy, Daniel, Agnès, Mathias, Averlon, Valentin, assis à droite.

MATHIAS.

Mais alors... peut-être que monsieur Daniel pourra nous donner des nouvelles de Pacifique...

DANIEL.

Baudimont ?

VALENTIN, se levant et s'approchant.

Mon père ! Pouvez-vous, monsieur Daniel, me parler de lui.

DANIEL.

Oui. (Avec une tristesse grave, au milieu d'un grand silence.) Avez-vous du courage, monsieur Baudimont ?

VALENTIN.

Ah ! mon père est mort ! (Il tombe accablé.)

MADAME DUBUCQUOY.

Pauvre enfant !

DANIEL.

Ma mère ! (Il emmène madame Dubucquoy vers le fond avec les paysans comme par respect pour la douleur de Valentin. Averlon est seul resté auprès de celui-ci.)

VALENTIN*.

Mon père est mort !... Ah ! Dieu est cruel !

AVERLON.

Dieu sait ce qu'il fait Valentin !

VALENTIN, avec désespoir.

Ah ! pour qu'il me frappe ainsi, il faut que j'aie été bien coupable!... Oui, bien coupable!... Vous le savez, vous, monsieur ! puisque... mon honneur est encore entre vos mains !... Ah ! (Il pleure.) Mon père !...

AVERLON, à part.

Il me fait pitié !... (A Valentin d'une voix basse et émue.) Valentin ! vous avez été coupable, oui ! mais Dieu ne veut pas que vous puissiez dire encore qu'il est cruel. Dieu est père, Valentin, et je crois que c'est lui qui m'inspire. Cet écrit fatal qui a troublé votre vie, le voici. Je vous crois assez puni, Valentin, et je crois que vous travaillerez pour achever de rembourser un argent... qui n'était pas le mien. Cet écrit fatal, je l'anéantis... Voyez ! (Il va le jeter dans la cheminée.)

VALENTIN.

Ah! (Se contenant.) Ah! monsieur! il n'est plus là pour vous remercier avec moi!... (Il pleure.)

* Averlon, Valentin assis à gauche, madame Dubucquoy, Daniel et les autres vers le fond.

DANIEL, au fond.

Allez, ma mère. Monsieur Averlon, mes amis, reconduisez madame Dubucquoy. J'ai à redire à M. Baudimont les dernières volontés de son père.

AVERLON, revenant vers madame Dubucquoy après avoir serré la main à Valentin.

Je suis à vos ordres, madame, allons, mes enfants!...

MATHIAS, et les PAYSANS

Allons !

MADAME DUBUCQUOY, venant à Valentin.

Du courage mon enfant! (Valentin relève la tête, la regarde avec attendrissement et reconnaissance; elle va embrasser encore une fois Daniel, puis, revenant à Averlon.) Allons, mon ami!

SCÈNE V

DANIEL, VALENTIN, qui s'est levé pendant la sortie, les PAUVRES GENS.

DANIEL.

Monsieur Valentin !

VALENTIN, après un silence.

Vous l'avez vu mourir?

DANIEL.

Je vous apporte sa suprême volonté.

VALENTIN.

Parlez donc, Monsieur, j'écoute.

DANIEL.

Le soir du désastre, j'étais seul, et je marchais rapidement dans la direction du château. Comme j'avais mal quitté mes parents, j'avais hâte de les revoir; mais l'ouragan redoublant de fureur, et l'eau montant déjà dans la campagne, je songe au moulin qu'elle peut détruire et je reviens sur mes pas. Mais voilà qu'entre deux coups de tonnerre j'entends retentir dans la nuit des voix désespérées : celle de votre père qui criait: « au secours ! sauvez Marie; » celle de Marie qui criait: « sauvez-le, sauvez Baudimont! » (Valentin haletant pendant ce récit, essuie son front en sueur. Daniel continue.) J'ai entendu encore une autre voix... n'était-ce pas la vôtre !

VALENTIN.

Oui.

DANIEL.

Elle criait...

VALENTIN.

Elle criait: « mon père! où êtes-vous, mon père?... » car le moulin en s'écroulant nous avait dispersés; mais c'est en vain que je criais, que je nageais, que je revenais interroger la rive!...

DANIEL.

J'ai été plus heureux que vous, j'ai arraché votre père à l'eau furieuse.

VALENTIN.

Vous! oh! merci!

DANIEL.

Mais il était trop tard! une poutre du moulin détruit avait heurté sa poitrine : Pacifique devait mourir.

VALENTIN, après un silence et d'une voix entrecoupée.

Et sa volonté?

DANIEL.

C'est, Valentin... — Souvenez-vous que ce n'est pas moi qui parle, que je ne fais qu'obéir à mon ami! — Sa volonté, c'est que vous vous donniez à l'état sacré où la vie n'est qu'une prière sans fin, c'est que vous entriez dans un cloître...

VALENTIN.

Moi !

DANIEL, sans s'arrêter.

« Qu'il quitte le monde, a dit le mourant, qu'il prie! qu'il prie toujours, pour ceux qui sont morts et qui étaient innocents, pour ceux qui vivent et qui sont coupables. A cette condition je lui pardonnerai. » (Mouvement de Valentin en regardant Daniel qui continue :) « Alors peut-être Dieu me pardonnera mon silence, alors peut-être l'irréparable trouvera grâce devant lui. » (Valentin veut parler, mais on voit qu'il y renonce, il se tait et laisse retomber son front, Daniel achève.) Je n'ai pas cherché à comprendre. La dernière volonté d'un mourant a un caractère sacré. Monsieur, je vous ai dit la dernière volonté de votre père, ma mission est remplie... Adieu. (Il s'incline et disparaît par le fond.)

SCÈNE VI

VALENTIN, les MENDIANTS, à la cheminée, puis MARIE.

VALENTIN, à lui-même.

Mon père est mort!... Ces bras indulgents ne s'ouvriront plus pour moi! ces yeux pleins de tendresse ne me regarderont plus! il ne bat plus, ce cœur tendre et loyal!... Mon père est mort. Sa vie ne va plus protéger la mienne. Ah! me voilà bien seul! Que faire à présent? Mourir!... Entrer dans un cloître? C'est encore mourir... et pourquoi mourrais-je? Qui viendrait me reprocher ma faute maintenant?

Ce n'est pas lui, mon père! ce n'est pas le bailli qui a lui-même détruit la preuve! Marie, cet obstacle à ma fortune, Marie a disparu, Thérèse m'aime! Là, tout à l'heure, sa mère apaisée m'a nommé son enfant!... je peux donc espérer, je dois donc vivre (S'animant et parlant haut.) Je suis libre, je suis fort, je suis...

MARIE, qui vient de paraitre sortant de la gauche. *.

Vous êtes heureux, n'est-ce pas? dites-le donc!

VALENTIN.

Elle!

MARIE, le montrant.

Son père est mort! et il est heureux, lui!!!

VALENTIN, se calmant et parlant, après un silence, d'un ton résolu.

Marie, il n'est que trop vrai, mon père est mort! Puisque je ne puis le faire revivre, je le remplace, et en le remplaçant je deviens le maître : un maître qui saura...

MARIE.

Qui saura se faire obéir, n'est-ce pas? Eh bien! qu'allez-vous commander?

VALENTIN.

Que vous quittiez ce pays aujourd'hui même pour n'y jamais reparaitre.

MARIE.

Je quitterai ce pays si c'est ma volonté, quand la vérité sera connue.

VALENTIN.

Que voulez-vous dire?

MARIE.

Que je relève la tête à la fin sous les mépris dont on m'a écrasée trop longtemps. Ecoutez, monsieur Valentin. Un jour, en risquant sa vie, Pierre Baudimont a sauvé ma famille. Plus tard, il a travaillé pour nous, il a adouci les derniers instants de ma mère, et il a toujours aidé mon père, jusqu'à ce qu'un crime... remplaçât le bienfaiteur par le meurtrier. Je me suis pourtant jetée dans les bras de Pacifique, moi! je l'ai pourtant aimé comme si j'eusse été sa fille, et je le vénérais... Ah! comme Dieu... C'est que j'ignorais la vérité, c'est que rien n'eût jamais pu me la faire soupçonner!... Je la sais aujourd'hui.

VALENTIN.

Mais...

MARIE.

Si Baudimont eût vécu, j'aurais voulu ne me rappeler que

ce qu'il a fait pour nous, et comme sa mort ne m'eût pas rendu mon père, en fuyant ce pays j'aurais essayé de lui pardonner, je lui aurais enjoint de vivre...

VALENTIN.

Mais il est mort...

MARIE.

Mais vous vivez, vous! et que vous dois-je, à vous? Eh bien! je veux que vous fassiez ce que Pacifique avait juré de faire; je veux que vous rendiez l'honneur à la mémoire du condamné ...nocent! faites-le, je le veux, c'est mon droit...

VALENTIN.

Moi, mettre une telle tache sur mon nom!

MARIE.

Elle est restée trop longtemps sur le mien. Et lequel de nos deux noms mérite donc qu'on le garde pur? Est-ce celui d'un faussaire?

VALENTIN.

Malheureuse!

MARIE, plus fort.

D'un faussaire!

VALENTIN.

Assez! celui qui a dit cela a menti!

MARIE.

C'est votre père qui l'a dit! à vous! dans le moulin, il y a trois jours, quand il vous a révélé le crime commis par lui pour vous.

VALENTIN.

C'est faux!

MARIE.

Vous oubliez que j'étais-là!

VALENTIN.

Mais... mais mon père n'y est plus pour le redire! Vous, folle! on ne vous croira pas, et s'il s'est trouvé une preuve, elle n'existe plus. (A ce moment un des mendiants qui sont assis sous le haut manteau de la cheminée, se retourne, en se redressant de toute sa taille. On reconnaît Pacifique Bandimont.)

PACIFIQUE.

Vous vous trompez, mauvais fils, elle existe encore, et me voilà moi-même cette preuve à la main *!

* Marie, qui recule à gauche, Pacifique, Valentin.

VALENTIN, accablé, puis riant de joie et d'un ton étrauge.

Mon père! mon père!

MARIE, dans un cri.

Lui!

SCÈNE VII

Les Mêmes, AVERLON, Notables, puis DUBUCQUOY, puis FIFRELIN, AGNÈS, DANIEL, MADAME DUBUCQUOY. THÉRÈSE, Paysans.

AVERLON, entrant le premier pour ouvrir la porte à ceux qui le suivent.

Entrez, messieurs, entrez. (Pacifique, Marie et Valentin se tiennent à l'écart, hors de vue. Entrée des notables.)

FIFRELIN, entrant par une autre porte et parlant à ceux qui le suivent.

Entrez, mes amis! (Entrée des paysans.)

DUBUCQUOY, en entrant à ceux qui l'accompagnent.

Certes, si Baudimont eût vécu, moi aussi je l'aurais voulu pour notre député; mais il est mort, comment voter pour lui! qu'on vote pour moi! je ne suis pas noble, moi, je suis riche, mais je suis du peuple, moi! (Pendant ces mots chacun a pris place.)

PACIFIQUE, se montrant.

Que tout le monde soit le bienvenu!

TOUS, avec joie.

Pacifique! (Mouvement.)

DUBUCQUOY, à part.

Allons, bon! Il sort de l'eau pour y faire tomber ma can‑
didature!

FIFRELIN, à part.

Quel bonheur! il me fera conserver ma place! (Il va crier par les fenêtres.) Mes amis, Pacifique n'est pas mort! Pacifique n'est pas mort! accourez!... (Le fond se garnit de paysans; on voit Pacifique se dérober à ceux qui l'entourent pour aller à Marie restée inaperçue et s'arrêter devant elle en la regardant avec tendresse et respect. De l'autre côté où se tient Valentin, sont entrés madame Dubucquoy et Daniel [1].)

AVERLON, à Pacifique.

Vous le voyez, mon ami, tout le monde ici se réjouit d'un retour qui ressemble à une résurrection. Puisque ce bonheur nous arrive, nous pouvons revenir à nos projets, à nos espé‑
rances.

[1] Marie, Pacifique, Averlon, Dubucquoy, Agnès, Daniel, madame Dubucquoy, Fifrelin, Mathias, Valentin, notables et paysans plus au fond.

VOIX NOMBREUSES.

Oui, oui, parlez, monsieur le bailli !

AVERLON.

Parlez, monsieur Daniel...

DANIEL.

Monsieur Baudimont, vous êtes le courage, l'honneur et la probité même. Vous êtes notre ami et notre orgueil à tous. Vous avez été reconnu capable de représenter une partie de la nation aux États qui vont s'ouvrir.

PACIFIQUE, comme s'il n'avait rien entendu, tourné toujours vers Marie et ne voyant qu'elle.

Marie! (En la regardant et en attendant sa réponse, il attire l'attention de tous sur la pauvre fille.)

MATHIAS.

Marie Hervin !

PLUSIEURS VOIX.

Elle ! ici ! (Agnès vient à Marie.)

MADAME DUBUCQUOY, s'avançant.

Marie Hervin, qu'il faudra respecter désormais.

DANIEL, après avoir serré la main à sa mère.

Pierre Baudimont, l'instant est grave, il ne vous est pas permis d'hésiter.

PACIFIQUE, de même et à demi-voix.

Marie, j'ai juré que je réhabiliterais votre père. Vous, Marie, en signe de pardon, voulez-vous mettre encore une fois vos mains pures sur mon front? (Marie troublée semble ne pouvoir se rendre compte de ce qu'elle voit et de ce qu'elle entend.)

AVERLON.

Nous avons besoin de vous, Pacifique, acceptez !

PACIFIQUE, toujours indifférent à ce qui l'entoure, il s'agenouille.

Répondez-moi, Marie !

MARIE.

Pacifique, Dieu me dit de ne plus voir que le bien que vous avez fait... Vivez pour ceux qui ont besoin de vous! vivez... aimé, honoré! moi, je vous rends votre serment... et je... vous pardonne.

PACIFIQUE, se relevant.

Sois bénie, sainte fille ! ton martyre est fini.

AVERLON.

Baudimont c'est trop tarder! acceptez-vous l'honneur qu'on vous propose ?

* Marie, Pacifique, Dubucquoy, Agnès, madame Dubucquoy, Daniel, Averlon, Fifrelin, Valentin, les autres au-dessus.

TOUS.

Acceptez-vous?

PACIFIQUE, se tournant enfin vers eux.

Et si j'acceptais, qu'aurais-je donc à faire?

DANIEL.

On vous le dira, mon ami; on vous remettra des cahiers où seront exprimés les vœux de ceux-là dont toutes les voix parleront par votre bouche.

AVERLON.

Entre autres réformes, qui seront peut-être l'œuvre de demain, l'œuvre de l'an qui s'approche, de 1789; vous, avec l'éloquence d'une vie pure, en vous souvenant du malheureux Hervin, vous aurez à réclamer des États la réforme de nos lois criminelles, à leur demander peut-être l'abolition de la peine de mort.

PACIFIQUE.

Moi!... Attendez pour demander cela... que je sois dans ma tombe.

TOUS.

Que dit-il?

PACIFIQUE.

Ce n'est pas à celui qui a mérité le gibet, de vouloir qu'on le renverse. Vous! laissez faire l'avenir. Moi, avant tout, je veux la justice certaine; je veux qu'on dresse le gibet encore une fois sur la place de Saint-Waast!

VOIX DIVERSES.

Le gibet!

AVERLON.

Vous êtes fou! le gibet! pour qui donc?

PACIFIQUE.

Pour moi!

TOUS.

Ah!

VALENTIN, à part.

Grands dieux.

PACIFIQUE.

Pour Pierre Baudimont, l'assassin de Léonard...

VALENTIN *.

C'est faux! c'est faux! mon père est irréprochable! lui! lui! un assassin, mon père! Ah! allez-vous croire à un instant de délire plus qu'à une existence de labeur et d'hon-

<hr>

* Agnès, Marie, Pacifique, Valentin, Daniel, Dubucquoy, Averlon, madame Dubucquoy, etc.

neur?... Mais souvenez-vous ! souvenez-vous donc ! Il n'en
est pas un d'entre vous à qui il n'ait prouvé sa bonté, sa
droiture, son courage !...

VOIX NOMBREUSES.

C'est vrai ! c'est vrai !

PACIFIQUE, reprenant avec force.

Hervin n'a pas tué Léonard, je le jure à la face de Dieu !
l'assassin de Léonard, c'est moi.

TOUS, avec effroi et s'écartant de lui.

Ah !

VALENTIN.

Eh bien ! je suis plus coupable que lui, moi ! car si mon
père s'est perdu, s'il s'est enivré, s'il a frappé, c'est qu'il voulait me sauver l'honneur ! (Il revient tomber aux pieds de Pacifique.
Sensation.)

DANIEL, à demi-voix.

Bien, Monsieur ! (Haut.) Je vous défendrai, Baudimont,
j'attendrirai les juges.

PACIFIQUE.

Merci, brave cœur ! c'est Dieu qu'il faut attendrir, et vous
oubliez... (Appuyant la main sur sa poitrine.) que je porte la mort
là... et que ces émotions ont avancé l'heure...

MADAME DUBUCQUOY et **TOUT LE MONDE.**

Nous vous sauverons !

PACIFIQUE.

Pourquoi ? d'ailleurs, vos soins viendraient trop tard!...
(S'affaissant sur lui-même) car je le sens, tout va finir pour moi
(Se redressant) sur la terre ! Il faut bien que j'aille demander
pardon à Hervin... pauvre Hervin ! à Léonard !... Et puis, Dieu
me jugera. (S'affaiblissant.) C'est égal ! je t'ai bien aimée, petite
Marie ! (A Daniel.) Votre femme !... (A Valentin.) Toi aussi,
Valentin, toi surtout, mon fils ! je t'ai bien aimé ! oh ! bien
aimé !

VALENTIN, pleurant.

Pardon ! pardon ! mon père ! je vous obéirai. Ma vie ne
sera plus qu'une longue prière.

PACIFIQUE.

Merci ! (Il meurt.)

FIN

www.ingramcontent.com/pod-product-compliance
Ingram Content Group UK Ltd.
Pitfield, Milton Keynes, MK11 3LW, UK
UKHW020310130726
13696UKWH00003B/975